EL REY

EL REY

JENNIFER L. ARMENTROUT

TITANIA
Argentina • Chile • Colombia • España
Estados Unidos • México • Perú • Uruguay

Título original: *The King*
Editor original: Evil Eye Concepts, Incorporated
Traducción: Tamara Arteaga y Yuliss M. Priego

1.ª edición Enero 2024

Copyright © 2019 *by* Jennifer L. Armentrout
Translation rights arranged by Taryn Fagerness Agency and
Sandra Bruna Agencia Literaria, S.L.
All Rights Reserved
© 2024 de la traducción *by* Tamara Arteaga y Yuliss M. Priego
© 2024 *by* Urano World Spain, S.A.U.
Plaza de los Reyes Magos, 8, piso 1.º C y D – 28007 Madrid
www.titania.org
atencion@titania.org

ISBN: 978-84-19131-45-4
E-ISBN: 978-84-19936-11-0
Depósito legal: M-31.043-2023

Fotocomposición: Ediciones Urano, S.A.U.
Impreso por Romanyà Valls, S.A. – Verdaguer, 1 – 08786 Capellades (Barcelona)

Impreso en España – *Printed in Spain*

CAPÍTULO 1

—No creo que sea muy inteligente —me dijo Tink por centésima vez desde que se dio cuenta de que me estaba arreglando para salir—. Creo que no lo has pensado muy bien, Light Bright.

—No te he preguntado, Tink.

Mi extraño compañero de piso se encontraba justo fuera del baño. Tink no era humano, pero ahora mismo parecía un veinteañero normal. Bueno, si los veinteañeros normales tuviesen el pelo completamente blanco y fuesen adorables hasta el punto de parecer casi frágiles.

Tink estaba a tamaño humano, algo a lo que aún —incluso después de todo este tiempo— me estaba acostumbrando. Estaba más acostumbrada al Tink de tamaño bolsillo, con sus alitas pequeñitas y translúcidas. Al fin y al cabo, era un duende.

Tras el ataque que acabó con la vida de mi madre y que debería haber acabado también con la mía, básicamente se había instalado en mi casa. Llevaba conmigo mínimo dos años, algo que el marido de Ivy fingía agradecer; yo sabía que en realidad lo echaba de menos.

—Pues deberías —respondió. Cuando lo miré, me distraje ligeramente por el brillo que despedía la camiseta de tirantes y de lentejuelas que llevaba puesta. Deslumbraba tanto que no sabía si sería cosa de magia.

Tink podía llegar a ser muy bobalicón, pero también era una de las criaturas más poderosas de este mundo.

Menos mal que era único.

—Soy un consejero fantástico —prosiguió. Dixon, el gato al que había bautizado como un personaje de *The Walking Dead* y que Tink consideraba «el tipo más macizo del mundo», se enredó entre sus tobillos. El gato era gris menos en la punta de la cola, que parecía que la hubiera metido en un cubo de pintura blanca.

Resoplé.

—¿Cuándo me has dado buenos consejos?

—Cuando te dije hace dos semanas que no te comieras todo el paquete de buñuelos porque te pondrías mala y, aun así, lo hiciste —replicó.

Me encogí en el sitio y agarré el rímel. Sí que me puse mala, pero me merecía ese capricho lleno de azúcar y fritos. Ese día...

No quería pensar en ese día.

—Y también cuando te pediste aquella pizza familiar y te la comiste casi entera —dijo—. Te dije que luego te encontrarías mal.

Arrugué la nariz e intenté recordar a qué noche se refería exactamente. Habíamos tenido muchísimos viernes de pizza donde me había comido una pizza entera y luego me había sentado como un tiro.

—¿O aquella vez en la que te dije que los filetes de atún estaban demasiado grises para mi gusto? Pero, ah, no, Brighton es más lista que nadie. —Se agachó para rascar a Dixon entre las orejas—. Te los comiste todos y luego fui yo el que se pasó la noche entera limpiando tu vómito.

Puaj.

Desde entonces no había comido atún fresco.

—Y no olvidemos cuando te comiste aquella bolsa de...

—¿Por qué en todos los ejemplos salgo yo comiendo como una cerda? ¿No hay más o qué?

Tink enarcó las cejas.

Puse los ojos en blanco.

—Mira, paso. ¿Sabes qué? Antes me apoyabas con lo de salir y encontrar a los faes que mataron a mi madre. —Giré el torso hacia él a la vez que Dixon cruzaba el cuarto y se subía a mi cama—. He conseguido el nombre del antiguo que estuvo con aquellos faes esa noche. El que le desgarró la garganta a mi madre y trató de matarme a mí.

—Lo sé, razón de más por la que no deberías ir en su busca.

—No entiendo tu lógica. —Lo señalé con el botecito de rímel—. He estado todo este tiempo buscándolo, y ahora que está aquí, en alguna parte de la ciudad, pienso dar con él.

—Aric es un antiguo, Brighton —me rebatió Tink—. No son tan fáciles de matar, y son muy peligrosos, muchísimo más que los faes normales.

—Lo sé. Mira, después de encontrarlo en el bar Ladrones, nadie más lo ha visto. Pero Neal sí que se ha dejado ver por el Flux, y Neal está compinchado con Aric. —Me giré de nuevo hacia el espejo y unos ojos excesivamente delineados me devolvieron la mirada—. Si alguien sabe dónde está Aric, ese es Neal.

—¿Y crees que te lo va a decir?

—¿Qué, te sorprende que pueda conseguirlo? —espeté abriendo el rímel.

—Neal también es un antiguo. Ha vivido cientos de...

—Sé lo que es un antiguo, Tink. Mira, les están haciendo algo a los faes jóvenes de la corte de verano, los están volviendo malvados. Esto no es algo que solo me involucre a mí.

Y era cierto. Creía saber cómo: una sustancia llamada «el aliento del diablo». Era similar a una de las drogas más potentes del mundo y derivaba del árbol de las trompetas. La burundanga, la droga zombi de Sudamérica. Harris, un antiguo miembro de la Orden, escribió sobre ella en uno de sus diarios, donde dijo que habían encontrado un polvo blanco en la belladona, la bebida favorita de los faes. La única manera de asegurarnos de que esa fuera la razón por la que los jóvenes estaban cambiando era atrapar a uno de los infectados o echarle el guante a la bebida.

—Hay que detenerlos —dije.

—Ivy y Ren se encargarán. —Tink se apoyó contra el marco de la puerta—. Es a lo que se dedican.

Una racha de calor me subió de golpe por la espalda a la vez que me quedaba mirando fijamente a Tink.

—Y yo también. Soy miembro de la Orden, por mucho que a todos se os olvide.

Tink abrió mucho sus ojos azul claro.

—Lo sé. No quería decir que no fuera tu deber. Eres...

—No, no sigas —lo corté. Sabía que solo iba a regalarme los oídos, que sus palabras no serían sinceras. Por encima de su hombro vi a Dixon levantar su trasero peludo en el aire, sacudirlo durante un segundo y atacar mi almohada con zarpas y dientes.

Había tenido que comprar muchas almohadas por culpa de ese gato.

Suspiré y me miré en el espejo para acabar de maquillarme. O lo que era lo mismo, para terminar de parecer un filtro de Instagram andante.

No solo me estaba maquillando, estaba dándoles una forma distinta a mis pómulos y cejas con los polvos bronceadores e iluminadores, arte que había aprendido de una *youtuber* que probablemente no pasara de los trece años. Con el perfilador me había dibujado unos labios más gruesos y carnosos, y con el delineador y la sombra de ojos en el párpado inferior había conseguido hacer parecer que tenía los ojos más grandes. Entre eso, mi nueva cara y el pelo largo, rizado y negro de la peluca, nadie me reconocería como Brighton Jussier.

Menos *él*.

Él sí me reconocería.

Cerré los ojos cuando sentí una ligera punzada de dolor en el pecho. Joder. *No* iba a pensar en Ca... en el rey. No. Ni de broma.

Tras aplicarme el rímel, lo guardé. Retrocedí y me eché un buen vistazo en el espejo.

La combinación del vestido negro, corto y ceñido y los labios rojos solo podía definirse de una forma: parecía una reina vampira.

Vestirme así no era lo normal en mí. A mí me iban más los pantalones de chándal y las camisetas, pero a nadie en este mundo y el Otro le distraían más los pechos y los traseros que a los faes; hombres y mujeres por igual.

Pasé junto a Tink y me dirigí hacia el vestidor, que antes era un pequeño cuarto de bebé.

Tink me siguió.

—Las botas altas irían de perlas con ese *look* de «cobro un riñón por chupártela».

—Genial. —Las elegí.

Me observó mientras me las enfundaba.

—¿Por qué no hacemos una maratón de *Los Vengadores* esta noche?

Con la bota derecha a medio cerrar, levanté la mirada hasta él.

—Ya las habremos visto como unas cinco veces, incluso las del Capitán América. No creo que pueda volver a ver la primera.

—La peli es un pelín aburrida, pero el culo de Chris Evans lo compensa.

Tiré de la cremallera e hice lo mismo con la bota izquierda.

—Cierto, pero hoy no. Es sábado. Fabian ha vuelto. ¿No quieres pasar tiempo con él?

—Puede venir aquí —sugirió Tink, dando palmaditas de emoción—. Sabes que ya mismo me voy. Voy a estar fuera durante una eternidad. Deberíamos pasar tiempo juntos.

Tink por fin iba a irse con Fabian a Florida, donde vivían un montón de faes de verano. Durante estos dos últimos años, el príncipe había intentado convencer a Tink de ir, pero no había habido manera. El duende se excusaba diciendo que no estaba preparado para hacer ese tipo de compromisos, pero yo creía que tenía más que ver con el hecho de que Tink no salía mucho. Fue una vez con Ivy a California, pero aparte de visitar el Hotel Faes Buenos —donde vivían los faes de verano—, nunca salía de casa. Suponía que el mundo humano lo abrumaba un poco.

—No te vas para siempre —puntualicé, aunque admitía que iba a echarlos mucho de menos tanto a él como a Dixon, ya que se llevaba al gato con él—. Solo serán unos cuantos meses.

—¿Y no es lo mismo? Venga, menudo trío nos montaríamos.

Estiré la espalda y enarqué una ceja.

—Chris Evans, palomitas y mascarillas faciales. Esa clase de trío.

—Ya. —Alargué el brazo hacia el joyero y agarré lo que parecía una pulsera normal y corriente. En realidad, escondía una estaca de hierro lo bastante afilada como para atravesar la piel de los faes y decapitar a un antiguo—. De todas formas, puedes montarte ese trío sin mí. —Me coloqué la pulsera—. Volveré tarde.

Tink se giró.

—El rey no quiere que salgas.

Me detuve de golpe y tardé un momento en darme la vuelta hacia él.

—Ah, por eso has pasado de querer que te llevase conmigo a pedirme que no vaya.

Se encogió de hombros.

Di un paso hacia él y recordé que Tink me caía bien y que no debería apuñalarlo.

—¿Le has dicho que he estado saliendo de caza?

La cara del duende perdió toda expresión.

—No sé a qué te refieres.

—Tink. —Le sostuve la mirada.

Él levantó las manos y asustó tanto a Dixon que el gato incluso soltó la almohada.

—No le he contado nada, pero ¿sabes? Si me lo pide, tendré que hacerlo. Es mi rey.

—¿En serio? —repuse con sequedad.

—Sí. En parte. Pero, de verdad, no me ha preguntado si has salido o no, solo me ha dicho que no quiere que lo hagas. Que no es seguro. Cree que...

—Ya sé lo que cree. —Había visto al rey después de que me dijera que no había nada entre nosotros, justo después de que admitiera por dentro que estaba empezando a sentir cosas por él. Bueno, que me había enamorado de él, en realidad. Las cosas entre nosotros no estaban en su mejor momento que dijéramos. Estaba segura de que si Tanner, el fae que se encargaba de supervisar el Hotel Faes Buenos, me oía insultar a su rey una vez más, iba a prohibirme la entrada al hotel. Apreté la mandíbula—. Siempre que me ve me dice que no me meta donde no me llaman. Que cazar faes es cosa de la Orden. Supongo que, como a los demás, se le ha olvidado que yo también pertenezco a la Orden.

Razón por la cual seguía insultándolo a la cara. No porque no me quisiera, aunque me hubiera incitado a creer que sí. No porque me hubiese hecho pensar que era especial, interesante y atractiva sin el maquillaje, la peluca y la ropa sexi. Era un imbécil por todas esas razones. En cierta manera, sus vanos intentos por controlarme me ayudaban a lidiar con lo que había pasado. El intenso dolor había dado paso a la ira. E insultarlo era mejor que perder el sueño por las noches y llorar mientras me comía otro dulce.

—No se le ha olvidado. —La voz de Tink era suave—. Creo que no entiendes por qué lo ha hecho.

Ah, lo entendía perfectamente. No significaba nada para él y lo que fuera que hubiéramos tenido había sido un error. Al fin y al cabo, no era un fae normal y corriente, era el rey, y yo era... Brighton, una mujer de treinta años que había ayudado a su hermano cuando lo hirieron. El rey aseguraba que no me curó tras el ataque solo por eso, pero yo no me lo creía. Sentía que estaba en deuda conmigo.

—La verdad es que me da igual —dije—. Sé por qué no quiere que salga de caza.

No se debía a que no fuera seguro. Esperaba al menos que no desease verme muerta, aunque no creía que esa posibilidad le quitara el sueño por las noches.

No, la verdadera razón era que el rey también iba tras Aric. En el Otro Mundo, el antiguo había sido uno de sus caballeros. Aric lo había traicionado y se había aliado con la reina Morgana, lo había apuñalado en el pecho y lo había debilitado para que fuera susceptible a la magia de la reina loca. Así que, sí, tenía razones de peso para ir tras él.

Pero yo también.

Si el rey encontraba primero a Aric, lo mataría y yo nunca tendría la oportunidad de vengarme de la criatura responsable de la muerte de mi madre. Y, bueno, eso era... lo único que me quedaba.

* * *

El ritmo rápido de la música que salía de los altavoces coincidía con mi estado de ánimo mientras me movía en la pista de baile del Flux, una discoteca que también atendía a los faes. Aquí fue donde había encontrado y matado a Tobias, uno de los faes que, junto con Aric, nos habían atacado a mi madre y a mí.

No me preocupaba que me reconocieran entre todo este amasijo de humanos que se revolvía y restregaba contra los faes presentes.

La mayoría de las hadas que frecuentaban el Flux pertenecían a la corte de invierno —los malos— que cazaban humanos de los que alimentarse para no envejecer. La corte de la mismísima reina Morgana. Muy de vez en cuando se veía a alguien de verano.

Pero esta noche no había visto a ninguno.

Unas manos atrevidas volvieron a deslizarse por mi cintura hasta las caderas. La frustración hizo que le agarrara las muñecas con más fuerza de la que pretendía. Sinceramente, prefería estar frotándome con un estropajo de aluminio antes que bailando con un recién llegado a Nueva Orleans, uno que para colmo se había bañado en colonia y parecía haber salido de un anuncio de desodorantes. No obstante, estar sola en una discoteca resultaría sospechoso, sobre todo porque la gente iba a esos sitios buscando enrollarse con alguien.

—Joder, menuda fuerza tienes —me susurró al oído—. Eso me pone mucho.

Puse los ojos en blanco a la vez que redirigía sus manos a mi cintura.

—¿Vienes mucho por aquí? —Me dio un apretón en las caderas.

—No —dije con la vista fija en las escaleras que llevaban al segundo piso, donde los faes normalmente pasaban el rato y se alimentaban de humanos hechizados.

—Entonces hoy estoy de suerte, ¿eh?

Había abierto la boca para decirle que hablara menos y que vigilara la cantidad de colonia que se ponía cuando de pronto sentí un escalofrío recorrerme de pies a cabeza. Como cuando alguien se te acerca...

El hombre a mi espalda gritó de repente. Apartó las manos de mis caderas y yo me di la vuelta. El turista moreno se tambaleó hacia atrás y recuperó el equilibrio ayudándose de una mesa cercana. Se irguió enseguida y sacó pecho, pero entonces se detuvo un segundo antes de que unos hombros anchos y una cintura estrecha bajo una camisa negra se interpusieran en mi campo de visión. El recién llegado llevaba el pelo rubio recogido en una coleta corta y el olor a lluvia de verano reemplazó el terrible pestazo a colonia.

Incrédula, tomé aire y vi que el tipo se movía hacia la izquierda, como si no quisiera tener nada que ver con quien se había interpuesto entre nosotros. Chico listo.

No me lo podía creer.

Me crucé de brazos y aguardé. No tuve que esperar mucho. Decidió honrarme con un primer plano de lo que debía de ser —por desgracia— el rostro masculino más atractivo que hubiera visto nunca.

El del rey.

CAPÍTULO 2

Fui incapaz de ignorar aquella sensación tan fuerte de *déjà vu*. Parecía haber pasado una eternidad desde que nos enfrentamos en esta misma discoteca. La última vez que nos vimos incluso había intentado golpearlo con una patada giratoria.

Igual hasta la historia se repetía, oye.

Cad... El rey, me corregí, era guapísimo. Tenía los pómulos angulosos, la nariz recta y aristocrática y una mandíbula que parecía esculpida por los mismísimos dioses; el tipo de cara que uno se quedaba mirando y se preguntaba cómo podía ser real. En ese momento curvó aquellos labios carnosos en una sonrisa socarrona.

Encontrármelo así de improviso me había cortocircuitado el cerebro. No pensé en todo el daño que me había hecho, sino en lo bien que me había hecho sentir. No me refería a lo físico, aunque eso también había sido brutal, y mira que ni siquiera habíamos llegado a acostarnos. Me refería a lo importante. Lo echaba de menos... a él.

—Los hay mejores, lucero —dijo el rey de verano arrastrando las palabras.

Mi corazón, el muy traidor, dio un vuelco al escuchar ese mote. Me dijo que me llamaba así porque le recordaba al sol.

Menuda tontería.

Enfadada, protegí mi corazón de mi propia estupidez. Levanté la mirada e ignoré el miedo y la atracción que me provocaban sus ojos de color ámbar.

—No me llames así.

—Como quieras. —Avanzó y yo entrecerré los ojos—. No me sorprende encontrarte aquí.

—Ni a mí ver que me estás siguiendo otra vez.

Enarcó una ceja.

—¿Quién va a protegerte si no?

Me dolía la mandíbula de lo mucho que la estaba apretando.

—No necesito que nadie me proteja, y mucho menos tú.

—Eso es lo que tú te crees —repuso, como si hubiese dicho la mayor de las estupideces—. Sé por qué has venido. Te has enterado de que han visto aquí a Neal.

No tenía sentido mentir.

—Y ahora que tú has venido, ya no va a aparecer.

La sonrisa genuina del rey me dejó sin aliento.

—Exacto.

Apreté los puños. Lo de esta noche no había servido para nada. Lo único que había conseguido era que me manosearan. Con el rey aquí, Neal ni se acercaría.

—Eres un imbécil —le dije antes de darme la vuelta y marcharme.

No miré atrás para ver si me estaba siguiendo. Bordeé la pista de baile y me encaminé hacia la salida.

No había visto al rey durante la semana y media que llevaba buscando a Neal, a Aric o a cualquier fae que supiera dónde podrían estar. A veces tenía la sensación de que alguien me observaba, pero nunca había llegado a ver a nadie. Hasta ahora.

Sacudí la cabeza, empujé la puerta con las manos y salí de la discoteca. Sentí el aire fresco contra mi piel pegajosa. Se me erizó la piel, pero me dio igual. Dentro de poco la humedad y el calor serían horribles.

En parte no me sorprendía que el rey me hubiese encontrado tan fácilmente. Ya lo había dicho mientras me arreglaba: por mucho que cambiase de apariencia, él siempre sabría que soy yo.

Alucinante, ¿eh?

Tampoco me sorprendí al escuchar su voz detrás de mí.

—Deberías estar en casa.

—Y tú no deberías meterte donde no te llaman. —Escuché un claxon proveniente de alguna de las transitadas calles del distrito comercial. Desde que los promotores decidieron reclamar muchos de los almacenes vacíos y convertirlos en bloques de apartamentos, discotecas y bares lujosos, el tráfico era tan terrible como en el Barrio Francés. Le lancé una mirada asesina por encima del hombro—. Y más vale que no estés hablando de mí con Tink. No es de buena educación.

—No —respondió con una ceja enarcada—, pero sí que me ha comentado algo relacionado con el atún y una posible intoxicación alimentaria.

Me quedé con la boca abierta.

—¿Tink te ha contado eso?

El rey asintió.

Iba a matar a ese dichoso duende con mis propias manos. Aceleré el paso.

El rey me alcanzó sin mucho impedimento y caminó conmigo por el lado más pegado a la carretera.

—Sí que me incumbe lo que hagas. Tú me incumbes.

Lo miré mal.

—De eso nada.

—Has salido a cazar a un fae...

—Que tú también quieres matar. Bien por ti. —Paré junto a la señal y me tiré del dobladillo de la falda hacia abajo. Caminar deprisa vistiendo algo de licra no era muy recomendable que dijéramos.

—No es por eso. Es peligroso.

—Sé defenderme. —En cuanto apareció el monigote verde en el semáforo, me apresuré a cruzar la calle. Las botas altas me apretaban los dedos de los pies.

El rey se colocó a mi lado. Otra vez me alcanzó con sus largas zancadas.

—De eso no me cabe duda.

—¿Ah, no? —Solté otra carcajada.

—No, pero esto es distinto. Buscas a un caballero, un guerrero experto que antes mataba indiscriminadamente. Si crees que la Orden tenía todo el derecho a temerme estando bajo el control de la reina, deberían temerle más a él.

Tropecé al oír aquello. Cuando el rey estuvo bajo el hechizo de la reina Morgana, actuó como una auténtica máquina de matar. Sabía que Aric era igual de malo, tenía marcas por todo el cuerpo que lo demostraban.

En realidad, contaba con muy poca información sobre ese antiguo. No había encontrado nada en los diarios de mi madre y la Orden tampoco tenía ninguna ficha. Y, para colmo, antes el rey y yo no nos hablábamos, solo nos limitábamos a fulminarnos con la mirada.

Paré de golpe e ignoré la sarta de insultos que soltó el tipo que iba detrás de mí.

—Háblame de él, quiero saberlo todo.

El rey apretó la mandíbula y desvió la mirada.

—Era mi caballero y me traicionó. Me apuñaló en el pecho mientras luchábamos.

—Eso ya lo sé. Dime cómo es. Qué quiere. ¿Qué...?

—¿Para qué? ¿Por qué te importa? ¿Es que quieres crear su perfil? —Clavó sus intensos ojos ambarinos en los míos—. Nada de lo que te diga va a servirte para luchar contra él y sobrevivir. Tú solo eres... —dijo al tiempo que se me acercaba.

—¿Qué? —insistí, desafiante—. ¿Solo soy humana?

—Solo eres Brighton. Es imposible que puedas vencerlo —respondió.

«¿Solo Brighton?». ¿Qué narices quería decir con eso? Mejor no saberlo.

—Mira, me importa una mierda lo que creas. Encontraré a Aric sea como sea. No puedes detenerme y, sinceramente, paso de seguir hablando contigo. Buenas noches.

Reanudé el paso y llegué hasta la mitad de la calle antes de caer en la cuenta de que iba por donde no era.

Joder.

Bueno, ahora no podía darme la vuelta. Equivocarse de dirección en tu ciudad natal no era de ser muy espabilada, la verdad.

—¿Qué piensas hacer, lucero? ¿Encontrar a Neal? ¿Y después qué? —Me tomó del brazo y me detuvo en la boca de un callejón apenas iluminado—. ¿Cómo pretendes sonsacarle información? ¿Cómo pretendes que te lleve hasta Aric? ¿Vas a hacer uso de tus encantos femeninos?

—¿Mis encantos femeninos? Oye, hombre, que la Edad Media pasó hace mucho. —Tiré del brazo, pero él no me soltó—. Lo que voy a hacer es clavarle una estaca de hierro en la garganta.

—¿En serio? —Su agarre era firme. Me ardía la piel bajo su contacto—. Tal vez Neal no sepa pelear muy bien, pero es un antiguo y bien podría lanzarte por los aires sin tocarte siquiera.

—Cuento con el factor sorpresa.

—Lo que pretendes no tiene ni pies ni cabeza.

Sentí que me sonrojaba bajo las gruesas capas de maquillaje.

—No te he pedido tu opinión.

—Pregúntaselo a cualquiera. —Abrió mucho los ojos—. Te dirán lo mismo que yo.

—Tengo un plan. —Estaba que echaba humo por las orejas mientras volvía a intentar soltarme de su agarre. Era verdad, aunque ni muerta pensaba contárselo—. Además, ¿a ti qué te importa?

Sus ojos ámbar destellaron. No me había dado cuenta, pero se había acercado aún más. Ya no estábamos en la acera, sino en un callejón. Cada vez que respiraba, su fresco aroma me invadía.

—Me importa porque si das con Neal y lo obligas a que te lleve ante Aric, te matará de forma muy lenta y dolorosa.

Recordé a Aric. Era bajito y tenía el pelo castaño claro y una cicatriz en el labio superior. Era frío y despiadado y su risa era la más espeluznante que hubiera oído nunca.

—Ya perdí a alguien... —Se quedó callado de repente y yo fruncí el ceño—. No tienes ni idea de a quién te enfrentas ni de lo cruel que puede llegar a ser. Ya sabe que estás relacionada conmigo. Lo mejor es que no se fije en ti más de lo que lo ha hecho ya. Eres... —Dejó de hablar, pero mi cerebro terminó su frase con algo que ya me dijo una vez.

«Eres un tesoro, Brighton».

Y había sido claramente mentira. Jamás me olvidaría de sus palabras. Me dijo que había sido un error.

Pues para mí no. Dios, había sido todo lo contrario. Me había abierto por primera vez desde el ataque. Me había sentido lo bastante cómoda como para hablarle de aquella noche y admitirle que necesitaba vengarme porque creía que él me entendería.

Aparté aquellos pensamientos a un lado.

—Suéltame. No quiero hablar contigo.

Él ladeó la cabeza.

—Si accedes a no seguir con tu venganza, lo haré.

—¿La dejarás tú también? Espera, creo que ya hemos tenido esta conversación antes. Tu venganza es distinta porque eres tú, ¿verdad?

El rey se me quedó mirando.

—Quieres saber más cosas sobre Aric y estás comportándote así por lo que pasó entre nosotros.

—No hay ningún nosotros —espeté.

—Tienes razón.

La punzada de dolor regresó y me atravesó el corazón. Era como si me hubieran clavado un cuchillo afilado en el pecho.

Se le dilataron las fosas nasales mientras daba un paso hacia mí.

—Joder.

Mierda, el rey podía percibir lo que estaba sintiendo en ese momento. Esa era una de las tres cosas que más me molestaban de él.

Apretó la mandíbula y desvió la mirada.

—Lo...

—Ni se te ocurra.

Pero él hizo caso omiso de mi advertencia.

—Lo siento.

—Me da igual.

—Sé que no es verdad.

—Ese es el problema, ¿no? Mira, sí que hay algo que me gustaría decirte. Me engañaste, pero lo que no entiendo es por qué. ¿Qué sacabas con fingir que me deseabas? ¿O es que simplemente estabas aburrido y te apeteció jugar conmigo?

Caden volvió a clavar sus ojos en mí.

—No fue por eso.

—Entonces, ¿por qué? ¿Te sentías en deuda conmigo porque dejé que te alimentases de mí cuando te estabas muriendo? —exclamé—. ¿O es que te apeteció pasar el rato con la humana fea y vieja?

El rey abrió los ojos como platos. Habló tan bajo que casi ni lo oí.

—¿Por qué te tienes en tan baja estima?

—¿Qué? —susurré. Sentí la piel caliente y luego fría.

Él sacudió la cabeza.

—Por eso crees que mis intenciones iban por ahí.

Su respuesta me sorprendió. Aquella vocecita de mi cabeza que me susurraba que podría tener algo de razón me instó a pasar a la acción. Tiré del brazo y, esta vez, me soltó. No estaba preparada para que lo hiciera, así que me tambaleé hacia atrás; las botas altas que llevaba tampoco es que fuesen de mucha ayuda.

El rey se precipitó hacia delante y me sujetó. Un instante después me vi entre sus brazos con las manos sobre su pecho.

Dios.

No habíamos estado así de cerca desde la última vez que nos besamos. Me había olvidado del calor que desprendía su cuerpo, que combatió el frío de la calle. Estar tan cerca de él siempre era como tomar el sol. Me estremecí y empecé a sentir un dolor palpitante.

Necesitaba poner distancia. Marcharme a otro país con otra zona horaria.

Sin embargo, no me moví.

Alcé la cabeza despacio. Nuestras miradas se encontraron.

La suya era abrasadora; sus ojos albergaban un brillo agresivo y su boca, un desafío. Se me ocurrió que a lo mejor lo que quería era que lo apartase para poder darme caza.

Y en parte, una profunda y recóndita parte de mí, quería que lo hiciese.

Aunque no debería.

El rey detuvo la mirada en mi rostro antes de descender por mi cuerpo. Sentí que mi pecho se hinchaba contra el suyo.

—Odio cuanto sales así —dijo con voz ronca—. No me refiero al vestido, que me encanta. Ni a los zapatos. Sino al pelo y al maquillaje. Los odio.

Ya me había dicho en otras ocasiones que me prefería al natural, y esa había sido una de las razones por las que...

Por las que había empezado a enamorarme de él.

Bajó la barbilla.

—Deberías quemar todas las pelucas y tirar el maquillaje a la basura —dijo.

El corazón me iba a mil por hora.

—Ni lo sueñes. —Me salió como un jadeo. Era evidente que su presencia me afectaba.

—Una pena. —Ladeó la cabeza y sus labios quedaron a escasos centímetros de los míos. Sentí su aliento cuando habló—. Pagaría lo que fuera.

Me lo pensé.

—¿De cuánto estamos hablando? Tener a Tink como compañero de piso me sale muy caro.

—Ya me imagino. —Entrecerró los ojos y sentí el levísimo roce de su boca.

Se me cortó la respiración.

Pero entonces el rey se apartó y esta vez no me sujetó cuando me tambaleé. Recuperé el equilibrio mientras él retrocedía varios pasos. Jadeé. No sabía si alegrarme de que no me hubiera besado o sentirme profundamente decepcionada porque no lo hubiese hecho. Debería optar por la primera opción, pero mi mente y mi corazón iban cada uno a su aire, así que ganó la segunda.

Así me sentí mientras nos quedamos mirando bajo la tenue luz de las farolas.

—Vete a casa —dijo unos instantes después—. Aquí no hay nada para ti.

Me encogí ante el doble sentido de sus palabras. Me dolieron, pero la rabia calmó ese dolor y me aferré a ella.

—No me digas lo que tengo que hacer.

—No lo hago. —Se cruzó de brazos—. Te dejo decidir.

—¿No me digas? —Me reí y copié su postura—. Pues no lo parece.

—Ya lo creo que sí. Te estoy diciendo que regreses a casa, te dejo hacerlo por tu propia voluntad. La otra opción sería levantarte en brazos, meterte en mi coche y llevarte yo.

Me lo quedé mirando con la boca abierta.

—Inténtalo.

Volvió a ladear la cabeza, descruzó los brazos y dio un paso hacia mí.

Levanté la mano para detenerlo.

—Como me roces siquiera, te corto las pelotas y te clavo una estaca en la cara.

—Joder, qué agresiva. —Soltó una carcajada que me hizo estremecer. Su risa era tan profunda y seductora como la recordaba.

—Lo soy, y mucho.

—Umm. —Levantó la barbilla—. Normalmente cuando te toco quieres hacer otras cosas con mis pelotas.

Se me desencajó la mandíbula y jadeé. Se me ocurrieron un montón de cosas que hacerle y ninguna de ellas incluía pegarle.

Entonces me fijé en que había suavizado el gesto de la mandíbula y que tenía los labios curvados.

Me tensé. ¿Se estaba riendo de mí?

A la mierda.

—¿Sabes qué? Tienes razón. Quería hacerles de todo. Besarlas, lamerlas. Chuparlas.

Se le cambió la cara de golpe. Entrecerró los ojos, que habían adquirido un brillo casi salvaje.

—Quería familiarizarme con ellas hasta el punto de hablarnos de tú a tú —proseguí con la mano aún levantada—. Pero eso era antes. Ya no. Ahora prefiero cortártelas.

—¿Seguro, lucero?

—No me llames así. Y sí, al cien por cien. Al ciento veinticinco, para ser exactos.

—Vaya —murmuró—. Qué interesante. ¿Y por qué no me has atacado?

Fruncí el ceño y me miré la muñeca. Tenía razón. No había accionado la pulsera para sacar la estaca.

Mierda.

CAPÍTULO 3

«¿Por qué te tienes en tan baja estima?».

Las palabras del rey me atormentaron durante toda esa noche. ¿Eso pensaba? ¿Que no tenía autoestima ni amor propio? ¿Solo porque no entendía por qué me había perseguido y luego me había dado la patada sin más?

Me quedé despierta dándole vueltas a lo que me había dicho, a lo que sus palabras podrían significar. Pero lo que me despertó unas cuantas horas antes del amanecer el domingo por la mañana fue la vocecita que no dejaba de susurrarme que era más cierto de lo que me gustaría admitir.

Al fin y al cabo, ¿por qué creía que había dicho todas esas cosas maravillosas sobre mí? ¿Por qué me había besado y me había hecho sentir tan bien? ¿Fue porque sentía que me lo debía por llevar a su hermano de vuelta al Hotel Faes Buenos cuando lo hirieron? ¿O porque había dejado que se alimentase de mí cuando estuvo al borde de la muerte, cosa que, para empezar, no habría pasado si hubiese estado alimentándose de manera más asidua? Le habían disparado la noche que encontré a Elliot, uno de los jóvenes desaparecidos que se había vuelto malvado, presuntamente debido a una droga con la que habían alterado la belladona.

Jamás se me habría ocurrido pensar que se había sentido atraído por mí. Además, yo era humana y él siempre estaba rodeado de faes despampanantes y etéreas.

Tal vez siguiera atraído por mí pese a haber cortado lazos conmigo. El sábado por la noche casi estuvo a punto de besarme. Joder, sus labios prácticamente rozaron los míos. Muy ligeramente, pero... ¿Y si me hubiese besado? ¿Se lo habría permitido? No sabía ni por qué me lo estaba preguntando. Por supuesto que se lo habría permitido, y luego me habría enfadado muchísimo conmigo misma por ello.

Necesitaba retomar las riendas de mi vida.

Empezando por encontrar y matar a Aric y no dejarme seducir por el rey. A estas alturas, las dos parecían cobrar la misma importancia. Toda esta situación con el rey era irrelevante, igual que mi posible falta de autoestima. Si sobrevivía al encuentro con Aric, ya trabajaría en ello con libros de autoayuda o algo.

Suspiré y me fijé en cómo la luz matutina avanzaba por el suelo hacia el borde de la cama, donde Dixon se había acurrucado. Cuando me quedé dormida, no había estado ahí.

El repentino crujido de la tablilla que siempre decía que tenía que arreglar despertó al gato. Dixon levantó su cabeza peluda y echó un vistazo a la puerta, que en algún momento de la noche había conseguido abrir por su cuenta.

Empezó a ronronear sin parar.

Como me imaginé que sería Tink —que en menos de cinco segundos saltaría en bomba sobre mi cama—, me coloqué bocarriba y miré hacia allí...

Y el corazón se me detuvo en el pecho.

Al menos eso fue lo que sentí, como si de pronto se parara. Abrí la boca mientras mi cerebro intentaba procesar a quién había visto. A Tink no, claro.

Sino a él.

Al rey.

Se encontraba en mi dormitorio como si realmente tuviese derecho a estar aquí, como si lo hubiese invitado. Y no había nada más lejos de la realidad.

Pero era él. Llevaba el pelo dorado suelto, rozándole los hombros, y una camisa negra que se le ceñía perfectamente a los músculos.

Lo único que pude hacer fue quedármelo mirando embobada.

Esbozó una sonrisilla torcida.

—Buenos días.

Me incorporé tan deprisa que asusté a Dixon, que se levantó y me lanzó una mirada asesina antes de bajar de un salto de la cama.

—¿Qué haces aquí?

—Tink me ha dejado entrar. —Bajó la mirada cuando el gato se frotó contra su pierna con la cola en alto—. ¿Sabes? La mayoría de la gente suele responder con otro «buenos días».

—Me importa una mierda lo que haga la mayoría de la gente —repliqué, y me prometí a mí misma asesinar a Tink en cuanto lo viera. Promesa que me hacía con bastante regularidad, a decir verdad—. ¿Qué haces en *mi* habitación?

El rey se agachó y le rascó la cabeza, por lo que se ganó un ronroneo por parte del felino.

—Quería verte.

Me llevó un momento poder volver a usar la lengua.

—Creo que te dejé bien claro anoche que yo a ti no.

—Lo sé. —El rey acarició a Dixon una vez más antes de que el animal se escabullera pasillo abajo. El fae se irguió y me miró fijamente con sus ojos leonados—. Pero ambos sabemos que no es verdad.

—Eh... —vacilé, incrédula—. Estás mal de la cabeza, en serio.

—Nunca he estado bien. —Su mirada descendió despacio por mi rostro hasta llegar a mi cuerpo—. Y mucho menos ahora.

Fruncí el ceño. Seguí su mirada hasta el escote pronunciado de mi camiseta. La tela rosa se había deslizado por mi hombro mientras dormía y era lo bastante delgada como para dejar entrever que hacía un poco de frío en la habitación. Esa era la razón por la que tenía los pezones duros. Por supuesto, no tenía nada que ver la presencia del rey ni cómo me estaba comiendo con los ojos.

Qué va. Para nada.

Aferré los bordes de la manta con fuerza.

—Podrías haber esperado a que me levantara.

—No tengo tanta paciencia. —Echó a andar hacia mí y yo me tensé. No despegué la mirada de él mientras se sentaba en la cama. *Mi* cama.

—No te he dado permiso para sentarte.

—Lo sé.

Me lo quedé mirando, incrédula.

El rey hizo lo mismo conmigo y esbozó de nuevo aquella sonrisilla sexi que tanto me sacaba de quicio.

—Quería hablar.

—¿Sobre qué?

Desvió la mirada hacia la pared.

—Sobre Aric.

Se me tensaron todos los músculos del cuerpo. Eso no lo habría adivinado en la vida.

—¿Y no podías esperar a que me levantara?

—No.

—¿Perdona?

—Me he dado cuenta de que las conversaciones contigo son más sencillas si te tomo por sorpresa.

Fruncí el ceño.

—No creo que eso haya sido ningún cumplido.

—Pues sí que lo era —respondió y echó un vistazo alrededor del dormitorio. Se detuvo en la pila de libros y las fotografías enmarcadas de mis padres y de mí—. Es el mal encarnado.

Parpadeé. Me había perdido.

—Aric. Querías saber más cosas de él. Pues eso es lo único que necesitas saber. Es pura maldad, y no lo digo por decir. Creo que no hay nadie tan malvado como él —dijo, y no fui capaz de reprimir el escalofrío que me recorrió la espalda—. Me hirió en plena batalla y me debilitó para que fuera susceptible al hechizo de la reina. Pero no siempre ha sido mi enemigo. O al menos que yo supiera, aunque eso ya lo sabes.

Sí.

—No solo era uno de mis caballeros, los elegidos para protegerme, sino que además crecimos juntos. Su familia estaba muy ligada a la mía. Era uno de mis confidentes más cercanos. Mi amigo. Y durante todo ese tiempo estuvo conspirando para traicionar a mi familia y a nuestra corte. —El rey apartó la mirada—. ¿Cómo puede una persona mirar a otra a los ojos, día tras día, comer con su familia y conocer sus secretos y deseos más íntimos y a la vez odiarla tanto como para destruirla por completo?

—Yo... —Tragué saliva—. No lo sé.

—Yo tampoco. —Carraspeó—. Consiguió llevar a nuestra corte a la guerra matando a muchos de nuestros jóvenes, y luego secuestró a alguien que significaba muchísimo para mi familia... y para mí. No solo la mató, no. Eso habría sido demasiado fácil. Le hizo cosas que ninguna criatura, humano, fae o animal debería sufrir. Y lo hizo mientras fingía ayudarnos a encontrar a nuestro ser querido. Hasta que al final nos llevó hasta el cuerpo de... —Sacudió la cabeza—. Es algo que nunca olvidaré. Incluso bajo el hechizo de la reina, esas imágenes... no desaparecieron.

—Lo siento mucho —susurré y, sin pensar, estiré la mano y le di un apretón en el brazo. Noté su piel cálida—. De verdad.

Bajó la mirada hasta donde mi mano había entrado en contacto con su brazo y, tras un momento, prosiguió.

—No me reveló que él había estado detrás de todo hasta que no estuvimos en mitad de la batalla. Se regodeó en mi sorpresa, en mi desesperación. Se deleitó en lo mucho que me dolió porque para mí él era como un hermano; no de sangre, sino de corazón.

Horrorizada como estaba, no tenía ni idea de qué decirle.

—Y se aseguró de contarme con todo lujo de detalles lo que le había hecho. No solo a ella, sino a todos. Vi la prueba en los cuerpos de las víctimas —dijo—. Vi de lo que era capaz. Lo *sentí*. Algunos matan porque tienen que hacerlo. Otros porque lo disfrutan. Él es de los últimos.

No lo dudaba.

—¿Entiendes por qué Aric es tan peligroso? Es capaz de cualquier cosa. —El rey levantó la mirada de donde mi mano aún seguía en contacto con su brazo—. No solo porque le sea leal a la reina, sino porque es malvado de verdad. Un monstruo que disfruta infligiendo daño y terror. No es como los otros a los que te has enfrentado. No es... Ni siquiera es como yo cuando estuve bajo el influjo de la reina.

—Lo entiendo. Te ha hecho cosas horribles. Y a mí también. Es peligroso y malvado —aseveré, tragándome el gran nudo que me obstruía la garganta—. Pero ya lo sabía. Soy consciente de que probablemente...

—¿Morirás buscando venganza? —me cortó—. ¿Y que será una muerte muy lenta y dolorosa? ¿De verdad crees que merece la pena?

Aparté la mano.

—Creo que precisamente tú sabes mejor que nadie la respuesta.

Un músculo palpitó en su mandíbula.

—Brighton, por favor...

—Nada de lo que digas o hagas va a hacerme cambiar de... —Las palabras se me cortaron de repente. Sucedió tan deprisa que ni siquiera lo vi moverse. De pronto, lo tuve sobre mí, arrinconándome contra el cabecero de la cama. Respiré y aspiré su olor a cítricos y el corazón me dio un vuelco en el pecho cuando su aliento me rozó los labios.

—No pienso permitirlo —gruñó.

—¿El qué? —susurré, y me estremecí cuando levantó una mano y me acunó la mejilla.

—No pienso permitirlo —repitió deslizando el pulgar por mi labio inferior. Jadeé. Ladeó la cabeza a la vez que bajaba la mano por mi cuello hacia la piel desnuda de mi hombro.

Cerré los ojos cuando el calor empezó a correr por mis venas. Una parte de mí odiaba cómo mi cuerpo respondía a sus caricias, cómo mi corazón se hinchaba y se aceleraba siempre que estaba cerca. Lo deseaba y eso era lo que más odiaba de todo.

—Yo también soy capaz de hacer casi cualquier cosa —dijo con voz grave y ronca—. Y no pienso dejar que te maten.

Abrí los ojos de golpe, pero el rey había desaparecido.

* * *

—¿Bri? —Ivy meneó una mano delante de mi cara.

Parpadeé y me centré en ella.

—¿Qué?

Sonrió.

—No estabas escuchando, ¿verdad?

Miré alrededor de una de las salas de reuniones de la primera planta del Hotel Faes Buenos y vi que Ren seguía hurgando en la caja de dónuts. La improvisada reunión del lunes a última hora de la mañana aún no había empezado.

—Lo siento. —Miré hacia donde se encontraban Faye, una fae de verano que había ayudado a Ivy a escapar de su cautiverio hacía unos años, y ella sentadas frente a mí—. ¿Qué has dicho?

—Nada importante —respondió Ivy, sonriendo. Llevaba el cabello suelto, por lo que sus rizos pelirrojos le enmarcaban el rostro. Sus rasgos eran delicados, aunque no así su fuerza—. Es solo que parecías querer pegarle un puñetazo a alguien.

—Hoy mi cara de amargada tiene vida propia. —Jugueteé con el dobladillo de la falda rosa pálido que llevaba. Iba vestida como si trabajara en una oficina, mientras que Ivy llevaba una vestimenta más acorde a la Orden: pantalones de camuflaje, camiseta de algodón y botas con las que se podía dar mucha guerra. Miles, el líder de la organización, me tenía sentada en el banquillo. Bueno, siempre había sido así. Mi trabajo solo consistía en investigar, lo cual no estaba mal. Es decir, me gustaba averiguar y conseguir información, ya fuera por internet o entre las páginas de libros con olor a viejo. O al menos me había gustado hasta hacía poco.

Hasta que me había visto en la obligación de ocultar que estaba cazando faes, incluso a Ivy y Ren. Lo único que sabían era que había estado trabajando codo con codo con el rey para encontrar a los jóvenes. Tampoco sabían que estaba patrullando, como ellos.

Cuando las cosas se ponían feas, nadie me llamaba... a menos que necesitasen saber una ubicación o que alguien los recogiera.

Ahora me sentía... bueno, no tan útil, la verdad.

—Digan lo que digan, la cara de amargada de Faye no tiene rival. —Ivy se reclinó y se cruzó de piernas.

La fae en cuestión le dedicó a Ivy una mirada larga y... sí, no tenía rival.

—Le dijo la sartén al cazo.

Ivy sonrió.

—Tink se va hoy, ¿no?

—Esta noche. Voy a echarlo de menos —admití—. Aunque no se lo digas. Me da miedo que al final no se vaya si se entera.

—Me alegro de que por fin haya decidido irse. Ya era hora de que saliese y viera más cosas aparte de la página de Amazon.

Me reí.

—La comunidad de Florida tiene muchas ganas de conocerlo —comentó Faye—. Jamás han visto a un duende. Para ellos es un gran acontecimiento.

—Que se lo queden —metió baza Ren escudriñando los dónuts.

—Sí, sí. —Ivy puso los ojos en blanco—. Pero te dolería que no volviera.

Ren no respondió y yo pensé en lo silenciosa que estaría mi casa a partir de mañana sin Tink y Dixon allí.

—Bueno, ¿qué es lo que pasa? —preguntó Ren tras comerse la mitad de un dónut espolvoreado con azúcar glas. No tenía ni idea de cómo lo había conseguido sin llenarse toda la camiseta de polvo blanco—. ¿A qué se debe la reunión?

—No lo sé. —Faye se retorció varios mechones de su largo cabello—. Esta mañana Kalen me ha enviado un mensaje diciendo que teníamos que reunirnos.

No había ni terminado la frase cuando la puerta se abrió. Tanner, el encargado de la gestión diaria del Hotel Faes Buenos, entró primero. Atisbé el aspecto con que se presentaba ante los humanos durante unos pocos segundos antes de descubrir su verdadera apariencia. Lo único que no cambiaba era su pelo, entrecano, muestra de que envejecía como cualquier persona normal y de que llevaba muchísimo tiempo sin alimentarse. Cada vez que lo veía parecía tener más canas.

Luego entró Kalen, vestido de forma muy similar a Ivy y Ren, con pantalones de camuflaje y una camiseta sencilla. Era rubio y parecía rondar la edad de Faye, veinticinco o veintiséis, o puede que incluso un poco más. Tanto Faye como él eran guerreros y ninguno de los dos se alimentaba. Aparte de ser extremadamente alérgicos al hierro, podían morir igual que un humano, aunque eran más rápidos y fuertes que nosotros.

Tanner sonrió a la vez que nos miraba a todos. Al verme su sonrisa flaqueó un poco. Suspiré. Seguía enfadado conmigo. Empecé a desviar la mirada, pero entonces un tercer individuo entró a la sala y el aire pareció desaparecer de golpe.

Era el rey.

No me sorprendió verlo aquí. Siempre venía a estas reuniones, por muy espontáneas que fueran, pero daba igual cuántas veces lo hubiera visto ya, siempre que aparecía era como si mi cuerpo entrara en cortocircuito.

Sobre todo vestido como iba hoy. Esa camisa blanca y suelta remangada hasta los codos tenía algo que me excitaba y acaloraba. Y no tenía ni idea de por qué.

Levanté la mirada y vi que, al igual que las últimas veces, no llevaba corona. Solo la había visto una vez, cuando la reveló. No tenía ni idea de cómo podía hacerla desaparecer y aparecer a placer.

Desvié los ojos y suspiré con pesar. Hoy haría como si no existiese. No pensaba interactuar con él ni entrar en el juego. Podía decirme lo que quisiera, contarme tantas historias espantosas como le viniera en gana. No iba a cambiar de opinión.

Faye se puso de pie y le dedicó una reverencia elegante.

—No hace falta —habló—. Y va para todos. Ya no sé cómo decíroslo.

—Es la costumbre —murmuró Faye.

Pese a lo que acababa de decir, todos menos Kalen aguardaron a que el rey tomase asiento en una de las sillas grises y tapizadas antes de hacer lo mismo. Kalen permaneció de pie a la izquierda del rey.

Como al parecer no tenía autocontrol ninguno, miré hacia donde se había sentado el rey. Nuestras miradas conectaron enseguida. «Mierda». Volví a centrarme en Tanner con el corazón acelerado.

—Gracias a todos por venir. —Tanner se reclinó y entrelazó las manos—. Por desgracia, Kalen tiene malas noticias que pensamos que debíamos compartir con la Orden.

—¿Por qué nunca nos llamáis cuando hay buenas? —preguntó Ren en cuanto terminó de comerse el dónut. Yo me preguntaba lo mismo.

Kalen esbozó una media sonrisa.

—Hacía mucho que no traíamos malas noticias.

—Y solo nos llamáis ahora —respondió Ren, sentándose en el reposabrazos del sofá donde Ivy estaba sentada—. Empiezo a pensar que no os caemos muy bien.

—Bueno... —El rey tomó la palabra.

Ren entrecerró los ojos y, teniendo en cuenta que ni Ren ni Ivy habían superado aún que la hubiera secuestrado cuando estuvo hechizado por la reina, no podía culpar al rey por no desear tener delante un recuerdo constante de todo aquello.

—Ya sabéis que siempre sois bienvenidos —lo interrumpió Tanner con elegancia, aunque dudaba que se refiriera a mí—. Sea cual sea la situación.

—En fin —dijo Kalen—. Volviendo al motivo por el que estamos aquí. Tiene que ver con Elliot.

Ay, no.

Miré al rey, que fue el que apuñaló al joven fae. Sabía que en algún momento se lo habría contado a Tanner y a los demás. Él también seguía mirándome, y entonces tuve que preguntarme si se había dado cuenta de lo raro y evidente que era eso.

Faye se removió y se tensó frente a mí. Su primo Benji también había desaparecido y, teniendo en cuenta lo que le había pasado a Elliot, sabía que se estaba temiendo lo peor.

—¿Qué pasa con él? Algo lo volvió malvado, pero ya no está, ¿no?

El rey asintió.

—Ha regresado a nuestro mundo, pero cuando hablé con su familia, su hermano mayor no quería creerse lo que había pasado.

—Lo cual es comprensible —dijo Tanner—. Todos respondemos al duelo de forma diferente y la negación es mucho más sencilla que la ira.

—He estado vigilando a Avel, pero al parecer no lo suficiente. —Kalen se cruzó de brazos—. Sus padres nos comunicaron anoche que se marchó el viernes y que aún no ha regresado.

—Nos preocupa que lo que le ha pasado a Elliot también le ocurra a su hermano mayor —explicó Tanner.

Me imaginé el peor de los escenarios y apreté los labios. Mierda. Pobres padres.

—Solo han pasado un par de días —señaló Ivy—. ¿Estáis seguros de que eso es lo más lógico? ¿Y si solamente necesitara espacio?

—Puede ser, pero todos saben que algo cambió a Elliot —comentó Faye—. Y, claro, los familiares de los desaparecidos... nos estamos temiendo lo peor. Aunque Avel no quisiera creerse la historia del rey, la habría comprendido. Es un hombre razonable.

—En ese caso, ¿por qué se ha marchado? —pregunté—. Supongo que habréis aconsejado a los demás faes que no salgan del hotel, ¿verdad?

—No hemos aconsejado nada de eso. Todavía no —respondió el rey.

Sorprendida, enarqué las cejas a la vez que Ivy y yo compartíamos una mirada. Ella tenía la misma expresión de «¿Qué demonios?» que yo.

—¿Algo está transformando a faes felices e inocentes en asesinos y vamos a dejar que los jóvenes salgan a la calle sin más?

Tanner se tensó.

El rey, no obstante, me sonrió. No fue exactamente una expresión cálida; no se parecía en nada al hombre que se había sentado en mi cama hacía poco más de veinticuatro horas para hablarme de Aric y... casi besarme.

—Arrebatarles la libertad porque uno de ellos haya cambiado no me parece una medida apropiada en estos momentos.

—Salvo por que los padres que han perdido a un hijo ahora tienen a otro desaparecido —rebatí.

—Hay cientos de faes que vienen y van todos los días sin incidentes —prosiguió el rey—. Les aconsejamos ser precavidos. Todos son conscientes del peligro, por lo tanto, ninguno desaparecería sin decírselo a su familia. —Eso último se lo dijo a Ivy—. Avel sabría que sus padres presupondrían lo peor.

Y no les faltaría razón.

Entendía por qué el rey no quería obligar a los faes a permanecer en el hotel, pero a mí me parecía una medida preventiva excelente.

—Sé que ambos salís a patrullar, así que queríamos avisaros para que estéis pendientes —dijo Kalen—. Os enviaré la foto más reciente que nos han facilitado sus padres.

Ren asintió.

—Estaremos pendientes. Pero, hombre, los otros dos no han aparecido. Lo siento. —Esto último fue para Faye. Ella asintió y tensó los hombros—. Hemos visto faes de invierno, pero ninguno sabe nada de los jóvenes desaparecidos. Temo que pase lo mismo con Avel.

—Pero bueno, no pasa nada por estar atentos. —Ivy se inclinó hacia delante y apoyó los codos en las rodillas—. Se lo comentaré a Miles.

Resoplé, y todos menos el rey me dedicaron una miradita extraña.

—Lo siento, pero... buena suerte. Yo ya lo intenté y la Orden... bueno, ya os podéis hacer una idea.

—Joder, pues me parece muy fuerte —exclamó Faye, poniéndose de pie—. Siento la brusquedad —añadió al ver que Tanner fruncía el ceño—. Y es lo mínimo que puedo decir ahora mismo. Os ayudamos a derrotar a la reina. Salvamos la vida de muchos miembros de la Orden.

Pero la Orden no lo veía así.

No lo dije porque dudaba que nadie aquí presente necesitase oírlo.

—Trataré de hacerle entrar en razón. Es solo que ahora mismo tenemos a muchos reclutas nuevos que aún están haciéndose al trabajo —comentó Ivy—. Todo está siendo un poco caótico.

—Podría aprender a hacer varias cosas a la vez —rebatió el rey—. Si no, creo que la Orden debería buscarse otro líder.

Ivy lo miró fijamente.

—También le comunicaré que has dicho eso.

—Por favor, hazlo. —Esbozó aquella sonrisilla suya—. A lo mejor lo motiva.

Ren tosió para ocultar la risa.

—Esperemos que lo motive a hacer lo que tú quieres.

El rey se encogió de hombros, señal de que eso no lo preocupaba lo más mínimo.

Kalen se giró hacia mí.

—El rey nos ha dicho que averiguaste algo sobre el aliento del diablo en la investigación de tu madre. Que es como una especie de sustancia mezclada con la belladona que cambia a quien la bebe, ¿correcto?

Asentí.

—En realidad, lo encontré en los antiguos diarios de Harris. Decía que mi madre lo había descubierto, pero se parecía muchísimo a lo que le ocurrió a Elliot. No vi que su cuerpo se degenerara rápido, como se mencionaba en el texto, pero Harris sí que escribió que provocaba agresividad en quien lo tomaba.

—¿Degeneración? ¿Como si se descompusieran? —preguntó Ren.

—Sí.

—¿Igual que un zombi? —añadió.

—Bueno —dije, frunciendo el ceño—. No sé si tan así.

—Espero que no. —Ivy se estremeció—. No me apetece nada enfrentarme a faes zombis.

Jamás en la vida pensé que oiría esas dos palabras juntas en una frase.

—Tal vez podrías mirar otra vez a ver si encuentras algo más —me pidió Kalen—. Cómo se hace o se usa. Cualquier cosa.

—He leído todos los diarios de Harris. Habían arrancado varias páginas, lo cual es sospechoso, pero mi madre guardaba muchas cosas. No lo he revisado todo aún, aunque es posible que haya algo más. Lo miraré. —Al tener todos los ojos puestos en mí, los nervios se me asentaron en la boca del estómago—. Pero me alegro de que hayas sacado el tema porque yo le he estado dando vueltas. Creo que lo mejor que podemos hacer es conseguir de alguna forma una muestra del aliento del diablo para poder analizarla. Aunque mi madre o Harris escribiesen más sobre eso y yo encuentre las notas, todavía tenemos que averiguar lo que es.

—¿Y cómo sugieres que la consigamos? —preguntó el rey.

Seguí concentrada en Kalen.

—Sabemos que lo que les están haciendo a los chicos está relacionado de alguna manera con Neal, que a su vez es el propietario del bar Ladrones. Junto con Aric. Y sabemos que los bares como Ladrones sirven a los faes. Tienen un montón de belladona en su almacén. Es posible que el aliento del diablo también esté allí. Solo tenemos que conseguir entrar.

—Ya se nos había ocurrido —respondió el rey—. Y hemos entrado.

Estupefacta, me giré hacia él.

—¿Ah, sí?

Asintió.

—Hace más de una semana. Saqueamos el sitio y nos hicimos con la belladona. Analizamos las bebidas y no estaban alteradas. Al igual que tampoco había nada en el bar.

—Bueno, ¿y no crees que eso habría estado bien saberlo antes? —solté, ofendida—. Por eso ha desaparecido Neal. ¿Qué pensabais que iba a ocurrir después de haberle saqueado toda la belladona?

—Era necesario.

—¿Sí? ¿No me digas? —Sacudí la cabeza—. Para ser rey y tener cientos de años, me sorprende que hayas actuado con tan poco sigilo.

—Brighton —me advirtió Tanner por lo bajo.

—¿Qué habrías hecho tú? —preguntó el rey.

—Me alegro de que me lo preguntes *ahora* —dije—. Yo me habría colado y habría conseguido las muestras de belladona a la vez que buscaba, probablemente, algo parecido a bolsitas de cocaína.

—A mí me parece que habría sido un buen plan —comentó Ren.

—¿Y cómo te habrías colado? —El rey no me había quitado los ojos de encima en ningún momento—. Siento curiosidad.

Lo dudaba mucho, pero se lo diría solo para demostrar lo estúpido que había sido su plan de saquear el bar.

—Yo me habría...

—Espera. Déjame adivinar. ¿Te habrías disfrazado? Y una vez dentro, ¿te habrías colado tras la barra?

Me tensé y lo miré fijamente a los ojos. Aparte de él, nadie aquí presente sabía lo que hacía.

—¿Crees que nadie se daría cuenta? —prosiguió.

—No si me ocultara muy bien. Sé cómo mezclarme con la multitud y no llamar la atención hasta que necesite una distracción.

—Apreté los puños en el regazo—. Pero no habría ido sola. Habría ido con alguien que pudiera montar un numerito lo bastante convincente como para poder colarme tras la barra sin que nadie se diese cuenta.

—Dudo que nadie pudiera conseguir tal cosa.

—Vale, entonces podríais haber registrado el bar una vez hubiese cerrado.

El rey sonrió con suficiencia.

—¿Crees que no tienen guardias de seguridad?

—En realidad, sí que deberíamos registrar el sitio cuando esté cerrado —terció Kalen.

—La seguridad no debería suponer un problema. —Le devolví la sonrisa consciente de que todos estaban siendo testigos de nuestro partido de tenis—. Al menos, por lo que parece, no lo ha sido para ti.

—Pues no, porque nosotros somos guerreros *entrenados*. —La mirada del rey me barrió de pies a cabeza y yo inspiré de golpe—. Por cierto, tienes mejor aspecto que la última vez que te vi por ahí.

¿Que tenía mejor aspecto que la última vez que me vio? La última vez que me vio estaba en pijama y en la cama. La vez anterior a esa me había vestido como una prostituta. Había especificado «por ahí». Apreté los labios. No se atrevería, ¿verdad? Dios, esperaba que no.

—¿Qué? —Ren nos miró a los dos—. ¿Cómo dices? Yo la veo igu... —Sus palabras acabaron en una tos, aunque sospechaba que el codazo de Ivy tuvo mucho que ver con eso—. No sé ni lo que digo. Ignoradme mientras me como otro dónut. —Se puso de pie.

—Vi a Brighton en el Flux —anunció el rey, y a mí se me desencajó la mandíbula—. El sábado por la noche.

—¿Qué? —exclamó Ivy.

Ren se detuvo a medio camino hacia los dónuts y se dio la vuelta.

—Y no es la primera vez —prosiguió el rey—. Ha estado saliendo de caza.

No me lo podía creer.

El muy imbécil me acababa de delatar.

CAPÍTULO 4

Salté de la silla como si me hubieran metido un petardo por el culo. Recordé lo que me dijo el domingo por la mañana, que haría cualquier cosa con tal de detenerme. Y se había hecho realidad.

—Serás hijo de...

—Señorita Jussier —me avisó Tanner—. Por mucho que no sea su rey, mientras esté aquí deberá mostrarle respeto.

¿Respeto? Cuando se lo mereciera, no como ahora.

—¿Entonces cuando no esté aquí puedo decirle lo que me dé la gana?

Kalen se tapó la boca y miró hacia el suelo, aparentemente fascinado por la madera, mientras Tanner balbuceaba.

—¿Ha estado saliendo a cazar... el qué? —inquirió Ivy poniéndose de pie.

Pasmada, me la quedé mirando. ¿En serio hacía falta preguntarlo?

—Conejos.

Por lo visto a Ren tampoco le hizo gracia. Sus ojos, de un color verde brillante, relucieron.

—Más te vale que sí. O cocodrilos, o lo que sea que hagáis aquí en vuestro tiempo libre.

—Son caimanes —lo corregí con el ceño fruncido.

—Dime que no estás cazando faes —me pidió Ivy.

—¿Y qué pasa si es así?

—¿Cómo que y qué? No estás entrenada, Bri. No...

—Sí que lo estoy —rebatí, molesta—. Me entrenaron igual que a vosotros.

—Pero tú no haces trabajo de campo —trató de razonar Ren mientras sacudía la cabeza—. Jamás has salido a patrullar, así que el entrenamiento no te vale de una mierda.

—Escucha a Ivy —me instó el rey—. No debes relacionarte ni con Aric ni con Neal. Que sepan de tu existencia ya es bastante malo de por sí.

—Sé cuidar de mí misma —insistí—. Y creo que lo he demostrado con creces.

—Lo único que has demostrado es que tienes muchísima suerte —replicó él—. No eres como ellos. —Y señaló a los demás—. No eres ninguna guerrera con años de experiencia.

—Soy miembro de la Orden. He entrenado y...

—Eres miembro, pero no te dedicas a ese trabajo —afirmó Ivy.

—Si mi trabajo no es el de cazar y matar faes corruptos, ¿cuál es entonces?

No me respondieron y con eso lo dijeron todo. Me centré en Ivy.

—Llevo año y medio saliendo de caza y todavía no me han matado.

—¿Año y medio? —chilló Ivy—. ¿Qué demonios? Un momento. ¿A eso se refería con lo de disfrazarse y demás?

—Sí. Me disfrazo. A veces lo planeo con mucha antelación; otras, no tanto. —Me crucé de brazos para no agarrar nada y tirárselo a alguien—. Siempre me aseguro de que nadie me reconozca, ni siquiera otros miembros de la Orden.

Ivy se me quedó mirando.

—Pues él te ha reconocido. —Ren señaló la puerta.

Me di la vuelta y vi que el muy imbécil del rey se había marchado con Tanner y Kalen. Qué propio de él.

—Ya, bueno, lo de él es distinto —murmuró.

—¿Sales sola sin que nadie lo sepa? —preguntó Ivy.

—Claramente su majestad, don imbécil, sí lo sabía. —Gracias a Dios las mangas de la blusa ocultaban la pulsera porque supuse que, como me la vieran puesta, armarían aún más jaleo.

—Él no cuenta —rebatió Ivy. Me habría hecho gracia de no haber estado tan enfadada—. Espera, ¿Tink lo sabe? —Abrió mucho los ojos—. Seguro que lo sabe y aun así no me ha dicho nada. —Hizo amago de sacar el móvil.

—¡No lo metas en esto!

—Ya está metido hasta el cuello...

—¡No te lo ha dicho porque no es asunto tuyo! —Alcé las manos—. Y yo tampoco te he dicho nada porque sabía que reaccionarías así. Os olvidáis de que formo parte de la Orden. Me han entrenado igual que a vosotros y la única razón por la que no patrullo es porque tuve que quedarme en casa cuidando a mi madre. —Inspiré hondo. Ya no había vuelta atrás—. Sé que pensáis que no soy lo bastante fuerte o hábil, pero me he enfrentado a faes. No me hicieron falta ni refuerzos ni ayuda. No me hizo falta que la Orden o vosotros me dijeseis que soy lo bastante buena, lo hice sola.

Ivy retrocedió.

—Nunca hemos dicho que no seas lo bastante buena.

—¿Ah, no?

—Un momento —intervino Ren—. ¿Llevas cazando un año y medio? —Se acercó al reposabrazos del sofá—. Básicamente desde que te recuperaste del ataque.

Apreté los labios y no respondí.

—Quieres vengarte de los faes que te atacaron, ¿verdad? —adivinó.

—Ay, Bri —susurró Ivy y desvió la mirada.

—¿Qué? —exclamé. Se limitó a negar con la cabeza y yo estuve a nada de agarrar una silla y lanzársela—. ¿Sabéis qué? Sí, les he estado dando caza. Sé quiénes son y ya he matado a cuatro.

Ivy clavó sus ojos en mí.

—Y lo seguiré haciendo hasta matar al quinto —dije—. Y después puede que siga cazando. La Orden necesita efectivos y yo soy buena. —Tragué saliva y levanté la barbilla—. Aunque nunca haya hecho trabajo de campo.

Ivy abrió la boca, pero enseguida la cerró.

—Creo... Me parece increíble que seas tan buena luchadora, y no lo digo a malas.

Pues a mí sí me lo parecía.

—Pero recuerdo verte en la cama del hospital conectada a las máquinas, luchando por sobrevivir. Recuerdo ir al funeral de tu madre y al de todos los demás —dijo, y yo me encogí—. Casi te perdimos.

Me ablandé un poquito.

—Tú también estuviste a punto de morir, Ivy, y yo en ningún momento creí que no fueses capaz de luchar. Que fueses a dejarlo.

Ella bajó la barbilla y esperé a que dijese que lo suyo era distinto. Pero el sentido común pareció prevalecer y, aunque lo pensase, no lo expresó en voz alta.

Hundió los hombros y permaneció callada.

—Eres mi amiga, Bri. La única. Me preocupas.

—Vaya —murmuró Faye, y con eso nos recordó que ella sí que seguía presente—. Pensaba que yo también era tu amiga.

—Claro que lo eres. —Ivy se giró hacia ella. Faye se encontraba apoltronada en el sofá y solo parecía faltarle un bol de palomitas—. Me refiero a que Bri es mi única amiga humana.

—¿Separas a tus amistades por raza? —inquirió Faye.

—Me refería...

—Es broma. —Faye se echó a reír—. Tú también eres mi única amiga humana.

Fruncí el ceño. ¿Faye no me consideraba amiga suya? Pues vaya.

—¿Y yo qué? ¿No cuento? —exclamó Ren.

—Tú siempre cuentas, Ren. —Faye me evaluó con la mirada—. Se preocupan por ti. Estuviste a punto de morir, igual que Ivy y Ren. Y quieres cobrarte venganza por lo que os hicieron a ti y a los tuyos. Es comprensible.

—No estás siendo de mucha ayuda —espetó Ivy.

—Y tú tampoco —replicó Faye con tranquilidad—. Es evidente que sabe luchar. Ha matado.

—Gracias —dije. Sentí desaparecer parte de la tensión en mis hombros. Por fin alguien se había dado cuenta de que ya no era una rata de biblioteca, como Willow, la amiga de Buffy. Ahora era la Willow superguerrera, pero no la mala.

—Sin embargo, salir así es peligroso. —Faye clavó sus ojos fríos en mí—. Para ti es algo personal. No es igual que para los demás miembros de la Orden. Eso lo convierte en peligroso.

Me tuve que contener para no soltar una sarta de improperios. Y entonces empezó la segunda parte de «por qué debería Brighton quedarse a salvo en casa». Hubo un momento en que me volví a sentar, dejé de discutir y simplemente me quedé pensando. Pensando que, a pesar de saber que era capaz de matar y de defenderme, seguían sin creer que era lo bastante buena.

Me enfadó.

Y también me dolió.

* * *

No fui a casa ni al cuartel general de la Orden. Después de librarme de Ivy, Ren y Faye, pedí un Uber y fui directamente a cierto apartamento del distrito comercial. Me topé con Kalen de camino a buscar a la persona que me había echado a los lobos. Kalen me confirmó que estaba allí, pero, si no, ya lo encontraría.

El rey y yo íbamos a tener una pequeña charla.

Crucé el pasillo de la décima planta con un enfado monumental. Me paré frente a su puerta y la aporreé como si fuera la misma policía.

Apenas transcurrieron unos segundos antes de oír descorrerse el cerrojo y girarse el pomo. En cuanto la puerta se abrió, ni siquiera le di tiempo a que me la cerrase en la cara. Irrumpí en su casa empujándolo con el hombro y con la correa del bolso bien aferrada.

—Entra, por favor —dijo con ironía—. Estás en tu casa.

—Ya. —Eché un vistazo a las paredes de ladrillo y el espacio apenas amueblado. Al igual que la última vez que vine, solo había una televisión y un sofá modular enorme. Seguía sin tener pinta de que nadie viviese ahí—. Espero que no te importe tener compañía. —Me di la vuelta para quedar de frente a él—. Y si te importa, me...

Me quedé callada. Tendría que haberlo mirado bien antes de abrirme paso. No es que estuviera desnudo de cintura para arriba, no, pero sí que llevaba una camisa blanca sin abrochar que dejaba a la vista su torso tonificado y sus abdominales marcados.

Joder, es que ese cuerpo no era normal.

Bueno, es que él tampoco era muy normal.

El rey enarcó una ceja.

—¿Te gusta lo que ves, lucero?

Con la cara como un tomate, volví en mí antes de empezar a babear.

—¿Se te ha olvidado cómo abrocharte la camisa o qué?

Esbozó una leve sonrisa.

—Pues ahora que lo mencionas, me iba a cambiar, pero alguien me ha interrumpido aporreando la puerta como una loca.

—Sí que estoy loca, sí. —Le lancé una mirada asesina—. ¿Cómo has podido hacerme eso?

—¿Hacer el qué? —preguntó, apoyado contra la pared.

—No finjas no saber por qué he venido.

—¿Porque lo he contado? —Se cruzó de brazos, un gesto que le sentó de maravilla a sus pectorales, qué interesa... «¡Para!»—. Ha sido por tu propio bien.

Me lo quedé mirando pasmada.

—¿Por mi propio bien?

—Parece que hay eco.

—Lo que parece que va a haber es una buena tunda —repliqué con los puños apretados—. No hace falta que veles por mi seguridad.

Él ladeó la cabeza y ensanchó la sonrisa.

—Necesitas a alguien; a cualquiera, siempre y cuando sea responsable.

—Dios. —Inspiré hondo—. ¿Te hace gracia o qué?

—¿Te enfadarías mucho si dijese que sí?

Mis orificios nasales se dilataron.

—Ya veo que estás muy enfadada. No puedo evitarlo —prosiguió con esa enorme sonrisa—. Estás tan adorable cuando te enfadas.

—¿Adorable? —Di un pisotón en el suelo.

—¿Ves? Eso que acabas de hacer. Es adorable.

—Te voy a pegar.

—¿Y por qué no otra cosa?

El hecho de que me estuviese provocando sin tomarme en serio me enfadó aún más.

—No tenías derecho a hacer lo que has hecho. —Avancé hacia él—. ¿Sabes que me he pasado una hora escuchando a Ivy, Ren y Faye hablar como si nunca hubiera usado una estaca? ¿Que como Miles se entere, podrían echarme de la Orden?

Él entrecerró los ojos.

—Ivy y Ren no dirán nada.

Tenía razón. Ivy jamás me haría algo así. O eso esperaba.

—Pero eso no quita que Tanner, Kalen o Faye sí puedan contárselo a alguien y al final acabe llegando a oídos de Miles —lo contradije—. Lo que has hecho ha estado mal.

El rey se apartó de la pared y descruzó los brazos. La camisa se le abrió e intentó distraerme.

—No me has dejado más opción. No ibas a parar. Pensé que ellos podrían hacerte entrar en razón.

—¿Pues a que no sabes qué? No lo han conseguido. —Sonreí al ver que apretaba la mandíbula—. Espero no tener que repetirte esto otra vez. No tienes derecho a decirme lo que puedo o no puedo hacer. Aunque hubiera algo entre tú y yo, cosa que no es el caso, seguirías sin tener derecho a decirme lo que tengo que hacer. No sé quién te crees que eres...

—¿El rey? —propuso.

—... pero no tienes ni voz ni voto en lo que hago o dejo de hacer. No te metas en mi vida —le dije—. No hay motivo.

El rey desvió la mirada. Se le marcó una vena en la sien.

Como ya había terminado de soltarlo todo, me encaminé hacia la puerta.

—¿Te has parado a pensar que lo único que estoy intentando hacer es protegerte? ¿Que solo quiero mantenerte a salvo?

Me volví hacia él muy lentamente.

—Pues no. Por muchísimas razones evidentes. Aparte, no necesito que me mantengas a salvo ni me protejas.

—Todo el mundo necesita que alguien lo proteja. —Echó la cabeza hacia atrás y cerró los ojos.

—¿Hasta tú? —resoplé.

—Hasta yo.

Me quedé pasmada. Había visto de lo que era capaz, así que me sorprendió que lo admitiese así sin más.

—No quiero que te hagan daño —dijo en voz baja—. No tenemos por qué estar juntos para querer evitarte sufrimiento.

Me ruboricé.

—Lo sé.

—Entonces, ¿por qué eres tan testaruda? —preguntó.

—Porque... —Jugueteé con la correa del bolso—. Porque *necesito* hacerlo. No puedo quedarme sentada sabiendo que Aric sigue vivo. Tienes que entenderlo.

El rey permaneció callado durante unos instantes y después me miró.

—Si supieras que alguien a quien... que te importa está haciendo algo que lo acabará matando, ¿no tratarías de detenerlo?

—¿Insinúas que te importo, majestad?

Él ladeó la cabeza y apartó la mirada.

Me reí sin ganas.

—En fin. Que sepas que yo no te detendría, aunque supiera que es peligroso.

El rey volvió a posar sus ojos en mí.

—Pero sí te importaría.

Sonreí de manera escueta.

—No, porque así me libraría de ti.

—Brighton, ambos sabemos que eso es mentira. —Bajó la barbilla—. Te destrozaría si me pasase algo malo.

No quería ni pensarlo siquiera. No me apetecía confesar lo que eso me hacía sentir y lo que pudiese significar para ambos.

—Te crees el ombligo del mundo.

—Y tú no te valoras lo suficiente.

Aferré la correa del bolso con más fuerza.

—Sí que me valoro. No tengo problemas de autoestima. —Avancé hacia él—. Aric y esos faes no solo me arrebataron a mi madre. —Al hablar sentía como si me estuviera abriendo en canal—. Me arrebataron...

—¿Qué?

Me mordí el labio.

—Me arrebataron la sensación de seguridad, de creer que podía protegerme a mí misma y a mi madre... De que era capaz de cuidar de ella. Me arrebataron mi propósito.

—¿Tu propósito? —Dio un paso y se colocó frente a mí.

Tragué, a pesar del nudo que se me había formado en la garganta, y sacudí la cabeza. No pensaba hablar de esto con él.

—Ya he dicho lo que tenía que decirte. Puede que no te guste que salga por ahí, pero no puedes detenerme. Si acabo muerta, que así sea. Y no digas que no me valoro. Prefiero morir recuperando lo que me quitaron.

—Lo podría llegar a respetar —dijo. Nos miramos. Sus ojos eran como dos pozos de fuego dorado—. Pero no lo haré.

Creí haberlo entendido mal.

—¿Ah, no?

Sacudió la cabeza y se acercó más a mí.

—Te vigilaré. Cada vez que pises esa calle vestida con algún tipo de disfraz estúpido o te acerques a donde hayan visto a Neal, intervendré.

Me quedé boquiabierta. Estaba de broma, ¿no?

—Me volveré tu sombra. Estaré presente en todo momento.

—Tú... tú estás...

—¿Decidido a mantenerte con vida? Sí.

—¡Tú estás mal de la cabeza! —No me lo pensé dos veces. Flexioné el brazo hacia atrás y lancé el puño...

Me agarró de la muñeca con una velocidad pasmosa.

—¿Ves lo fácil que ha sido? Ni siquiera me he inmutado.

Estallé. Lancé el bolso como un bate hacia aquella enorme yególatra cabeza suya...

Pero no llegué a golpearlo.

El bolso salió despedido como si una mano invisible lo hubiese apartado.

—¿Y ahora qué? —exclamó. Me tenía bien sujeta por el brazo.

Me giré para alinear mi cuerpo con el suyo y levanté la rodilla hacia su entrepierna.

El rey se movió y usó el muslo para bloquear el golpe. Solté un gruñido a causa del choque.

—¿Y ahora qué? ¿Qué más vas a hacer? —Me dio la vuelta para pegar mi espalda a su torso. Envolvió mi cintura con el brazo y me estrechó contra él.

El calor de su piel se coló bajo la tela fina de mi blusa y me hizo arder mientras él curvaba la otra mano bajo mi mandíbula. Me obligó a apoyar la cabeza contra su pecho y a torcer el cuello para mirarlo.

—¿Sabes qué? No me costaría nada partirte el cuello. Así. —Pasó el pulgar por mi garganta. Yo levanté los brazos y le agarré parte de su suave cabello—. ¿Vas a tirarme del pelo, lucero? ¿Eso es lo que...?

Cuando oyó el suave clic de la pulsera, señal de que había sacado la estaca, se quedó callado y abrió mucho los ojos.

Mantuve el filo de la estaca apenas a un centímetro de su yugular y le sonreí.

—¿Qué vas a hacer, majestad? No puedo decapitarte desde este ángulo, pero sí destrozarte la garganta.

Siguió mirándome con aquellos ojos abrasadores. Sentí cómo su pecho se hinchaba y hundía contra mi espalda. Vi que bajaba la mirada a mis pechos, apretujados contra la hilera de botones de mi blusa.

Todo pasó muy rápido.

Un momento estábamos peleando y, al siguiente, ya no. No me quejé cuando cubrió mi boca con la suya, totalmente impasible ante el hierro que había pegado contra su garganta. No le dije nada ni tampoco me aparté. En cuanto nuestros labios entraron en contacto, la rabia y la frustración se transformaron en algo mucho más poderoso, más carnal. Y me dejé llevar.

Para mí, dejó de ser el rey.

Ahora solo era Caden.

Capítulo 5

El beso...

La boca de Caden se movió contra la mía con una intensidad brutal. Besaba... Dios, besaba como si le fuera la vida en ello, como si estuviera a punto de devorarme. Y yo quería que lo hiciera. Lo *necesitaba*. Era lo único en lo que podía pensar. O tal vez no estuviese pensando en nada. No, solo sentía. Solo me dejaba llevar.

—Me vuelves loco —gruñó deslizando la mano por mi garganta—. Y lo peor es que creo que me gusta.

—Estás mal de la cabeza. —Su mano me acunó un pecho y yo jadeé—. Pero no pares. —Lo apretó ligeramente y yo me estremecí. Sentí que apartaba el brazo de mi cintura y llevaba los dedos a los botones de mi blusa. Noté unos cuantos tirones y luego oí el ruido de los botones al caer al suelo.

—Espero que no te gustara mucho esa blusa.

—Pues sí que me gustaba.

—Bueno, pronto no te acordarás de ella.

Caden no se equivocaba. Enseguida la obvié de mi mente. Me giró entre sus brazos, tiró de las copas de mi sujetador hacia abajo y me levantó la falda. Antes de tener siquiera la oportunidad de pensar, pegó los labios a la cicatriz que me había dejado Aric y besó la piel ligeramente abultada y pálida.

A continuación, se metió uno de mis pezones en la boca. Jadeé de puro placer. Deslizó la mano libre entre mis muslos y rozó mis bragas antes de deshacerse de ellas. No sabía si las había roto o si simplemente las había dejado caer al suelo.

Levantó la cabeza y pegó la nariz a mi cuello, justo bajo mi oreja.

—No te haces una idea de lo mucho que te deseo. —Sus dedos me rozaron ahí abajo una vez más, esta vez sin barrera alguna—. No puedo dejar de pensar en ti. —Deslizó un dedo en mi interior, solo un ápice. Yo gemí—. En lo apretada y mojada que estarás. En lo mucho que quiero que disfrutes con mis dedos.

Todo mi cuerpo se contrajo y varios escalofríos me recorrieron de pies a cabeza. Los dedos de Caden apenas me habían penetrado y ya me sentía casi al borde del abismo. Menuda locura. Estaba enfadada con él y muy frustrada conmigo misma, pero esto... Dios, me sentía tan bien. Necesitaba tanto que siguiera que me daba igual lo que pasara a continuación.

—¿Quieres que siga? —murmuró contra mi mejilla introduciendo el dedo un poquito más—. Solo tienes que decírmelo y haré que te olvides de todo.

Sabía que debería decirle que no. Que debería poner el freno. Pero no lo hice.

—Sí —respondí.

Caden se movió tan deprisa que se me cortó la respiración. Me levantó en brazos como si no pesara nada y luego me tumbó. Tardé un momento en darme cuenta de que me encontraba en su dormitorio, en su cama, desnuda. Entonces él también apareció desnudo sobre mí. Su erección era gruesa y larga.

Pegó su boca a la mía una vez más. Nuestras lenguas danzaron durante un rato y luego empezó a dejar un reguero de besos por mi garganta, mis pechos y... luego besó todas y cada una de las cicatrices que tenía en el vientre. Aquel gesto tan pequeño significó un mundo para mí y me anegó los ojos en lágrimas.

Volví a perderme en él. No fue a causa de la sensación de su boca alrededor de mi ombligo y luego más abajo. Sino por *él*.

Noté una corriente en las venas cuando me agarró de las caderas y sentí su aliento justo donde el calor de mi cuerpo se concentraba. No tuve tiempo de avergonzarme, de pensar en que solo había hecho esto un par de veces, y en ambas había estado tan metida en mi cabeza y en la sorprendente intimidad del acto que no había llegado a disfrutarlo del todo.

Pero ahora no pensaba en nada.

Caden pegó su boca a mí y me devoró con la lengua. Grité y temblé cuando una sensación de puro placer amenazó con ahogarme. Lo agarré del pelo y arqueé la espalda. No podía moverme por cómo me estaba sujetando las caderas. No había manera de escapar de esta maravillosa tortura. Aunque tampoco quería, y menos con la increíble tensión que estaba acumulándose en mi interior. Entonces, por fin, estalló. Mi cuerpo se volvió gelatina y eché la cabeza hacia atrás mientras gemía su nombre.

Al oírlo, levantó la cabeza y vi con los ojos entrecerrados que los suyos relucían.

—Dilo otra vez. Mi nombre.

—Caden —susurré.

Sin romper el contacto visual, volvió a bajar la boca y lamió mi humedad. Jadeé y él levantó la cabeza y se relamió los labios. Abrí mucho los ojos.

Dios santo.

Ascendió sobre mi cuerpo con la mirada fiera y posesiva. Deslizó un brazo por debajo de mis caderas y me levantó. El suave vello de su pecho entró en contacto con mis pezones duros. Sus labios reclamaron los míos mientras introducía una mano entre nuestros cuerpos y luego sentí su glande grueso en mi entrada. Su piel ardía como el fuego. La preocupación afloró cuando la realidad me arrolló. Los faes no podían transmitir enfermedades a los humanos y los embarazos eran tan poco comunes que no suponían un problema.

Le agarré los hombros y levanté las caderas al tiempo que se hundía un centímetro y luego dos. Caden gimió contra mi boca.

Flexionó las caderas y se introdujo por completo en mi interior. La presión y la repentina sensación de plenitud me arrancaron un jadeo de la garganta. Había pasado tiempo, años en realidad, pero enseguida el dolor dio paso al placer. Comenzó a moverse, despacio al principio y luego más rápido. Me poseyó. Hasta ese momento no me di cuenta de lo mucho que había querido que esto sucediera. Pegó los labios a mi sien un instante antes de que sus embestidas empezaran a volverse erráticas. El ruido de nuestra respiración y la humedad de nuestros cuerpos al chocar resonaba a nuestro alrededor, hasta que ya no pude contenerme más. Gemí como nunca pensé que podría hacerlo y él tampoco se quedó atrás. Estallé en llamas y me rompí en un millón de añicos. No dejé de repetir su nombre mientras él me penetraba y me estrechaba contra su cuerpo; ya no éramos él y yo como entes individuales, sino nosotros. Me embistió con fuerza y luego se quedó muy quieto mientras se corría. Gritó mi nombre y tembló de pies a cabeza debido a la fuerza del orgasmo. En cuanto acabó, se desplomó sobre mí y apoyó todo el peso de su cuerpo sobre un brazo.

Le costaba respirar cuando apoyó la frente contra mi sien. No sé cuánto tiempo nos quedamos así; podrían haber sido minutos u horas. Al final, salió de mi cuerpo y se tumbó de costado, pero no me soltó. Me rodeó la cintura con el brazo y me estrechó contra él de manera que mi pecho quedase pegado al suyo.

Sentía su corazón latir tan rápido como el mío.

Poco a poco, mientras Caden me acariciaba el muslo y la cadera con la mano, fui consciente de lo que acababa de pasar. Lo único en lo que pude concentrarme al principio fue en lo callosa que notaba su mano, pero entonces mi cerebro por fin se reactivó y salió del estupor de los múltiples orgasmos que había tenido.

Nos habíamos acostado.

Y no había sido algo normal y corriente, no, sino a raíz de una pelea. En algún momento entre medias también lo había amenazado con una estaca de hierro en el cuello, y entonces... Me besó, y fue como si a ambos nos hubieran activado un interruptor en la cabeza. No tenía ni idea de cómo narices había sucedido, pero... no me arrepentía. No obstante, una vocecilla interior me decía que eso podía cambiar en cualquier momento. Aunque ahora mismo no albergaba las fuerzas suficientes como para echármelo en cara.

No sabía qué decir ni qué hacer. ¿Me levantaba, le daba las gracias por los orgasmos y luego le recordaba que no se metiera en mis asuntos? ¿O me quedaba allí tumbada un rato más? No podía hacer eso. Tink se iba esta noche.

—¿Estás bien? —preguntó Caden.

Eché la cabeza hacia atrás para mirarlo. Sus ojos de color ámbar estaban entornados.

—Sí. ¿Y tú?

—Apenas. —Volvió a esbozar aquella sonrisilla torcida que me aceleraba el corazón—. Llevabas tiempo sin estar con nadie y yo no he sido muy... cuidadoso que digamos.

Su preocupación me derritió. Bajé la mirada hasta su boca.

—Ha sido... perfecto.

—¿Qué? ¿Un cumplido viniendo de ti? —Se calló un momento—. ¿De la misma persona que amenazó con cortarme las pelotas?

—¿Puedo retirarlo?

—¿Lo de cortarme las pelotas?

—No. El cumplido.

—Qué mala.

Sonreí y me sorprendí de lo cómoda que me sentía con él incluso desnuda y con todos mis defectos a la vista. Y tenía muchos. No solo las cicatrices, sino las consecuencias de haberme pasado muchas noches comiendo pizza, helado, patatas fritas...

—Para mí también ha pasado tiempo —musitó.

Aquello no me sorprendió. Alcé la mirada.

—¿No has estado con nadie desde que se rompió el hechizo de la reina?

—No. En realidad, la noche que dejaste que me alimentara de ti, la noche que me salvaste, fue lo más cerca que he estado de nadie desde entonces.

—¿Por qué yo? —La pregunta salió antes de que pudiera evitarlo—. Dios, eso ha sonado horrible. Quiero decir que seguro que tienes a muchas mujeres y hombres que darían lo que fuera por estar contigo. Y tú y yo somos...

—¿Complicados?

Lo escudriñé.

—Esa sería una palabra, sí.

—No lo sé, Brighton. No esperaba que esto fuera a suceder y tampoco creo que tú hayas venido buscándolo.

Me reí.

—Por supuesto que no.

Aquella sonrisilla torcida regresó.

—¿Toda esa gente que dices que daría lo que fuera por estar conmigo? La gran mayoría lo haría por ser quien soy. El rey. —Frunció el ceño a la vez que detuvo la mano en mi cadera—. Yo no...

Aunque no terminó la frase, creí saber lo que había estado a punto de decir.

—No querías ser rey.

Me miró a los ojos y atisbé algo en ellos. Un breve destello de emoción cruzó su rostro, pero desapareció antes de poder sacar nada en claro de él.

—No. Esa fue una de las razones por las que no me alimenté. Cuando lo hice, lo puse todo en marcha, y al usar la espada del rey ya no hubo vuelta atrás. Ahí fue cuando ascendí.

Mi mente viajó atrás a cuando todo aquello sucedió. Caden se había comportado de un modo distinto después. Más callado. Y cuando Tink lo vio, ¿qué fue lo que le preguntó? ¿Si hacía falta que se inclinase? Tink había percibido que el príncipe se había convertido en rey.

—¿Por qué? ¿Por qué no quieres ser rey?

Desvió la mirada por encima de mi cabeza y se quedó callado durante un buen rato.

—Algunas tradiciones son... bueno, son más bien como leyes. De esas que reemplazan incluso a la biología. Y... no era algo que deseara. No después de...

¿Qué reemplazaba a la biología? Aquello no tenía sentido, pero el mundo de los faes era completamente distinto al de los humanos por muy similar que pareciera.

—Crees que no mereces ser rey, ¿verdad? Por lo que hiciste estando bajo el control de la reina.

Caden me miró de golpe.

—Hay muchas cosas que no creo que me merezca por eso, pero el reino no es una de ellas.

—¿Pero...?

—Pero ¿esto? —Deslizó la mano por mi trasero. Me lo apretó y yo no pude evitar soltar un jadeo—. ¿O esto? No, no creo que me los merezca, pero saberlo tampoco me ha detenido, ¿verdad? —Entonces se movió y sentí su dura erección contra la cadera un momento antes de que me colocase bocabajo—. Y no va a detenerme ahora.

Hundí los dedos en las sábanas al sentir su boca sobre mi espalda. Dejó un reguero de besos por mi columna hasta llegar al trasero y luego me elevó las caderas.

—Soy egoísta. Creo que aún no eres consciente de eso.

Solté un gemido de placer cuando me penetró hasta el fondo con un solo movimiento de las caderas. Me habría dolido de no haber sido por lo que habíamos hecho antes. Aguantando el peso sobre los brazos, me acorraló contra el colchón mientras me embestía sin parar. Entraba y salía de mi interior a una velocidad brutal y excitante al mismo tiempo. Pegó los labios a mi sien a la vez que levantaba una mano y me acariciaba por debajo. Sus dedos ágiles hallaron mi punto sensible y la combinación de sensaciones fue como un rayo que electrificó mi sangre. Me apoyé sobre los codos y balanceé las caderas contra las suyas mientras jadeaba y sentía que iba acercándome más y más al orgasmo.

Pareció saber cuándo estaba a punto de correrme porque salió de mi cuerpo y me volvió a tumbar bocarriba. Sentí una breve racha de aire frío sobre mi piel húmeda y caliente antes de volver a cubrir mi cuerpo con el suyo. Me entrelacé con él, piernas y lengua por igual, y cuando por fin llegué al orgasmo, él también lo hizo, y fue tan intenso como el anterior.

Esta vez, cuando acabamos, terminé, no sé cómo, desparramada sobre su pecho con los músculos y los huesos prácticamente hechos gelatina.

Si así era el Caden egoísta, por mí que lo fuese todo lo que quisiese.

Empezó a acariciarme la parte baja de la espalda y hasta puede que me quedara dormida. No lo sabía con certeza. Pero la sensación de pura felicidad era... fabulosa.

No quería moverme nunca.

Aun así, tenía que hacerlo. ¿Y entonces qué? ¿Qué pasaría después? Una parte de mí tenía miedo de preguntar, pero acabábamos de compartir uno de los momentos más íntimos que había, así que tenía que espabilar y reponerme.

—¿Caden?

—¿Sí? —respondió él con voz ronca.

Tragué saliva con la mejilla apoyada contra su pecho.

—¿Qué pasará a partir de ahora?

Él detuvo la mano durante una fracción de segundo.

—Me imagino que tú seguirás dando caza a Aric.

No era eso a lo que me refería, pero ya que lo mencionaba...

—Sí.

El torso de Caden se hinchó bajo mi mejilla y entonces suspiró con gran pesadez.

—Ojalá dejaras que me ocupase yo de él. Planeo matarlo de forma muy lenta y dolorosa. Me aseguraré de que te suplique perdón antes de acabar con su vida. ¿Acaso no es suficiente?

Levanté la cabeza y apoyé la barbilla en su pecho para poder mirarlo.

—No. No es lo mismo.

Cerró los ojos.

—¿Qué más te arrebataron esa noche?

Apreté los labios y empecé a reordenar mis pensamientos.

—Ivy y Ren no me ven capaz de salir a patrullar. Ni siquiera para dar caza a faes normales y corrientes. Ellos solo quieren que sea la misma Brighton de siempre, la que se contentaba con hacer labores de investigación. Y sí que fui feliz así.

Caden empezó a mover la mano otra vez.

—¿Pero ahora ya no?

—No. —Volví a apoyar la mejilla sobre su pecho y me quedé mirando fijamente la oscura pared de su dormitorio—. Me arrebataron esa felicidad. La capacidad de contentarme con cómo eran las cosas. Antes le veía sentido a mi trabajo, pero ahora ya no. Eso también me lo han arrebatado. —Cerré los ojos—. Y me han robado lo que creía saber de mí misma.

—¿Antes eras feliz? —preguntó—. Feliz de verdad, me refiero.

Abrí la boca, pero me di cuenta de que no podía responder a su pregunta.

—Tenías miedo —afirmó, y yo reabrí los ojos—. Antes me tenías miedo. Ayudaste a mi hermano, pero él también te asustaba. Incluso Tink. Por aquel entonces preferías pasar desapercibida. O al menos intentabas hacerlo. No querías que nadie te viera, solo existir en un rinconcito de tu propio mundo.

Se me cortó la respiración.

—Después ya no tuviste miedo. Dejaste de intentar pasar desapercibida. Ahora te ven y te escuchan. Luchas por lo que quieres. Estás viviendo. Sí que te arrebataron muchas cosas, Brighton. A tu madre. Tu alegría. Pero también has ganado muchas otras. No de ellos, sino de ti misma.

CAPÍTULO 6

Al final Tink no se fue el lunes por la noche. Por lo visto vio en internet que el mejor día para viajar, y el más seguro, era el martes. A saber si era verdad, pero la cosa es que me vino hasta bien, porque estuve con Fabian y él haciendo maratón de *Los Vengadores* hasta la una de la mañana. Solo vimos un par, pero llegados a este punto me alegraba de que Tink se interesara por otra cosa que no fuese *Crepúsculo* y *Harry Potter*, aunque no tenía nada en contra de esas películas, más bien todo lo contrario. Lo que pasaba es que había llegado a aprenderme más de la mitad de los diálogos de tanto verlas.

Me gustaba poder pasar más tiempo con Dixon y ellos. Se me haría raro despertarme sin el gato encima o sin oír a Tink cantar sobre huevos y beicon. De todas formas, me alegraba por él. A Fabian y a él les vendría bien el viaje, y aparte Ivy tenía razón; ya era hora de que Tink viese otra cosa aparte de la web de Amazon.

Estar distraída por la tarde también había evitado que le diese vueltas a lo que había pasado aquel día... y también a lo que no.

Gracias al cielo que Tink y Fabian estaban en su habitación cuando volví del apartamento de Caden. Si no, me habría costado explicar por qué llevaba puesta una camisa enorme de hombre sobre una falda de tubo.

Caden no me había respondido a la pregunta de qué iba a pasar ahora entre nosotros, cosa que me inquietaba. Sabía que acostarme con alguien, por muy bien que hubiese estado, no era lo mismo que empezar una relación con dicha persona, pero para mí sí. Me daba igual lo que pensasen los demás, yo era así. Por eso me sorprendió haberme dejado llevar y no haber pensado ni una sola vez que debíamos parar. Eso y lo cómoda que me había sentido con él al final. En mis otras relaciones, en cuanto terminábamos de hacerlo me vestía, pero con Caden no había sentido esa necesidad.

Después de abrirme los ojos sobre cuánto había cambiado tras el ataque, Tanner lo llamó y tuvo que volver al Hotel Faes Buenos. Se despidió de mí con un beso, pero no me hizo ninguna promesa. Creo que terminó por aceptar que no pensaba dejar de buscar a Aric.

Había llegado muy lejos y no tenía intención de parar ahora.

Cuando por fin me metí en la cama aquella noche, me dormí enseguida. Tal vez la razón se debiera a la mezcla de todas las veces que había llegado al orgasmo y al haberme puesto hasta arriba de comida. Mientras revisaba los libros de mi madre en busca de algo relacionado con el aliento del diablo e iba al cuartel general para echar un vistazo a los registros que guardaban allí, no dejé de pensar en lo sucedido en el piso de Caden. Lo que habíamos hecho, tanto él como yo. Tenía que significar algo. Eso y que no quisiera que buscase a Aric, que sintiese la necesidad de protegerme. Le gustara o no, le atraía, y eso importaba porque desde que se rompió el hechizo de la reina solo había estado conmigo. Podría haberse acostado con quien le hubiera dado la gana, pero... había querido hacerlo conmigo.

Hojeé documentos polvorientos a la vez que me preguntaba sobre las tradiciones que había mencionado, las que había querido evitar hasta el punto de no desear ser rey. En parte creía que Caden no se sentía digno después de todo lo que había hecho, y me daba mucha rabia porque entendía cómo se debía de sentir.

Ivy y Ren, a quienes aún no había visto en todo el día, se colaron en mi mente.

Sabía lo que era no sentirse lo bastante bueno.

La búsqueda resultó ser igual de fructífera que darle vueltas a lo que había pasado con Caden. Regresé a casa con dolor de cabeza por culpa de no haber dejado de estornudar a causa del polvo de los papeles que la gente llevaba una eternidad sin tocar.

Pasé junto a un montón de faes fuera de mi casa que sacaban maletas. Paré de contar tras la sexta.

Dejé las llaves y el bolso en la mesita de la entrada y vi a Tink en el salón con Fabian. Dixon se encontraba en el sofá, mirando el transportín con las orejas relajadas. Le habían puesto una camisetita que ponía «SOY EL PEOR ACOMPAÑANTE DEL MUNDO».

Me acerqué sonriendo y le acaricié la cabeza.

—¿Cuántas maletas os pensáis llevar?

—Mejor pregunta cuántas maletas piensa llevarse Tink —replicó Fabian con una sonrisa. Se parecía mucho a su hermano, aunque él tenía el pelo más largo y no era tan corpulento. Sin embargo, pensándolo bien, poca gente había tan corpulenta como él, ya fueran humanos o faes.

—Tengo que llevarme todo lo que pueda hacerme falta —se defendió Tink—. Además, he tenido que guardar los juguetes de Dixon...

—Y su casita, su árbol y su bañador —añadió Fabian con una sonrisa.

Enarqué las cejas.

—¿Existen los bañadores para gatos?

A Tink le brillaron los ojos.

—Los he encontrado en Amazon, estoy deseando vérselo puesto.

Miré al animal. Ojalá pudiera ver a Tink intentando enseñar a Dixon a nadar. Pobre gato.

—Alteza —dijo un fae en el umbral—. Lamento interrumpir, pero su majestad le ha enviado un mensaje.

El estómago me dio un vuelco cuando mencionó a Caden.

Fabian se despidió con un gesto de la cabeza y rodeó la mesita auxiliar.

—Disculpadme.

Esperé hasta que se alejó lo suficiente.

—Qué educado es siempre.

—Lo sé —respondió Tink al tiempo que abría mucho los ojos—. ¿Es muy molesto, verdad?

—Calla, anda —dije riéndome—. Es como un soplo de aire fresco.

—Pues sí. —Tink recogió a Dixon—. Pero que sea tan educado me deja a mí a la altura de un salvaje, como si me hubieran criado animales en la selva.

—A ver...

Me lanzó una mirada asesina mientras metía a Dixon en el transportín. El gato pareció suspirar, pero no se resistió.

—Por cierto, creo que es la primera vez que mencionan al rey y tú no te pones a despotricar contra él. ¿Has hecho borrón y cuenta nueva?

—No, sigue siendo un imbécil —respondí sin enfadarme.

Tink me miró por encima del hombro.

—El deber es más importante que todo lo demás.

—¿A qué deber te refieres? —pregunté. Recordé las tradiciones que había mencionado Caden.

—Light Bright, no tengo tiempo para hablar de todos sus deberes. —Cerró la puerta del transportín y me miró—. Pero tiene que hacer y decir muchísimas cosas. Tuvo que sacrificar lo que más quería para convertirse en rey.

—¿El qué? ¿La libertad de hacer lo que le plazca? —Y hablábamos de mucha libertad.

Tink esbozó una sonrisilla triste.

—Supongo que, en parte, sí.

Fabian regresó.

—Tenemos que irnos, Tink.

Me puse triste al oírlo. Eché un vistazo al salón y ya me parecía más vacío.

—Pasadlo bien. —Les lancé una gran sonrisa o por lo menos eso pretendí—. Sacad muchas fotos y mandádmelas.

—Te pienso llenar el móvil.

Tink interrumpió mi carcajada abalanzándose sobre mí. Permanecimos abrazados durante tanto tiempo que creí que jamás se marcharía, pero se separó y vi que tenía los ojos húmedos.

—Tink —dije en voz baja. Deslicé las manos por sus brazos y agarré las suyas antes de darles un apretón—. Nos vemos pronto.

—Cuídate, ¿eh?

—Por supuesto. No te preocupes por mí.

Abrió la boca como si fuera a añadir algo más, pero acabó asintiendo.

—Las despedidas se me dan fatal. —Se inclinó para besarme en la mejilla y después se apresuró a agarrar el transportín de Dixon y a marcharse—. Ah, me tiene que llegar un paquete de Amazon a nombre de Peter Parker —gritó—. ¡No lo abras! Déjalo en mi habitación.

Me reí al tiempo que sacudía la cabeza y me giraba hacia Fabian.

—No quiero saber qué hay dentro de ese paquete.

—Curiosamente, yo tampoco. —Fabian se acercó y me abrazó—. Ya sabes que, si tienes tiempo, puedes venir cuando quieras. Me encantaría.

—Me lo pensaré.

—Hazlo, anda.

—Cuida de él, ¿vale? —susurré mientras lo abrazaba. Se me pasó por la cabeza que hacía unos años jamás en la vida se me habría pasado por la cabeza abrazar a un fae.

—Lo haré —respondió, separándose—. Supongo que ahora irás a la reunión que ha convocado mi hermano, ¿no?

¿Qué reunión?

—Creo que Ivy y Ren ya van de camino —añadió. Se agachó para agarrar una bolsa—. Se han enterado de algo sobre el antiguo que quiere liberar a la reina. —Me lanzó una mirada significativa—. Ten cuidado, Brighton.

Me giré y lo observé marcharse. Tuve la sensación de que él ya sabía que yo no me había enterado de la reunión y que por eso me lo había dicho. Se me formó un nudo en el estómago. Caden sabía algo de Aric y no me lo había contado. Qué sorpresa. Que aceptase que fuera a seguir adelante con mi objetivo no significaba que fuese a ayudarme a encontrarlo. Aun así, me dolió.

La casa se quedó en silencio.

Me dirigí a la entrada y agarré las llaves de la mesita.

Iba a ir a la reunión me hubiesen avisado o no.

* * *

Sabía exactamente dónde estarían.

Usaban varias salas en la planta baja del Hotel Faes Buenos para las reuniones, que a menudo iban turnando. De todas formas, los dos faes apostados en la puerta con la espalda recta y las manos juntas no dejaban lugar a dudas.

Siempre que Caden estaba aquí, los caballeros se encontraban presentes. Suponía que les prohibía que lo siguieran hasta su apartamento. O, si lo hacían, se escondían bien.

Me detuve frente a ellos. Uno debió de fijarse en mi expresión, porque se apartó tras suspirar.

—Gracias —le dije con dulzura mientras abría la puerta.

Ivy y Ren estaban sentados frente a Caden. Ivy se había apoyado en la mesa y tenía una rodilla pegada al pecho. Ren se encontraba a su lado. Me miraron y los ojos de Ren se tornaron inexpresivos, mientras que Ivy apretó los labios. Faye y Kalen también estaban allí, junto a una ventana. Este último parecía incómodo y Faye, molesta. Como siempre.

Caden tenía la palabra.

—Aunque lo vieron solo... —Se quedó callado y supo que era yo sin necesidad de girarse siquiera—. Ya veo que a mi hermano le encanta irse de la lengua.

Por mucho que supiera que la reunión no iba sobre nosotros, me dolió que me saludase así después de lo de ayer. No obstante, alcé la barbilla.

—He supuesto que se te había olvidado avisarme.

—Brighton —me llamó Ivy.

—No. —Levanté la mano y crucé la estancia. Me senté y dejé el bolso en el suelo con toda la tranquilidad del mundo—. Tenéis información y, os guste o no, formo parte de esto.

Ivy miró a Ren como si él tuviera los medios para hacer algo.

—Estábamos hablando de una posible pista.

Caden y yo cruzamos las miradas. No saqué nada en claro de su expresión, pero me sonrojé. Él entrecerró los ojos y ocultó así el tono ámbar de sus iris.

—Ah, ¿ahora te parece bien incluirla o qué? —exclamó Ivy.

—Ya empezamos —murmuró Faye antes de suspirar.

Kalen no apartó los ojos del techo.

—No me parece bien —replicó Caden, dirigiéndose a Ivy—. Ni por asomo. Pero parece que, hagamos lo que hagamos, no vamos a conseguir que cambie de opinión.

¿Lo del sexo entraba en eso de «hagamos lo que hagamos»? Suspicaz, entorné la mirada.

—No me gusta. —Ivy desdobló la pierna—. No pienso prestarme a...

—Para. —Ren posó una mano en su pierna—. Tiene razón. No va a cambiar de opinión. Y, llegados a este punto, estaríamos perdiendo el tiempo, que no nos sobra precisamente.

Ivy parecía tener ganas de rebatir.

—De acuerdo —claudicó. Me lanzó una mirada que me dejó claro que luego hablaríamos.

Genial.

Caden asintió y Kalen habló.

—Nos hemos enterado de que Aric sigue en la ciudad —explicó. Me tensé—. Lo han visto esta tarde.

—¿Dónde? —pregunté.

Kalen miró a Caden antes de responder.

—Saliendo del Flux.

—¿Qué? —Me giré en la silla hacia Caden.

—Antes de que lo preguntes, sí, estábamos vigilando el Flux. No lo vieron entrar, y eso significa que se camufló bien. —Se quedó callado un momento—. Como alguien que yo me sé.

Hice caso omiso de aquello.

—¿A dónde fue?

—No lo sabemos —respondió Ren—. Le siguieron el rastro durante un par de calles, pero lo perdieron en la I-10. —El tono de Ren dejó entrever que le parecía ridículo. Dependiendo del día, el tráfico era terrible, pero... venga ya—. Pero sigue aquí. Avisaremos a Miles para que la Orden esté alerta.

—Nosotros también estaremos más pendientes —añadió Faye—. Entre ambos grupos peinaremos la ciudad y lo encontraremos.

Volví a clavar los ojos en Caden. Supe sin lugar a dudas que iba a salir todas y cada una de las noches hasta dar con Aric.

—Yo...

La puerta se abrió y eché un vistazo por encima del hombro. Aparecieron Tanner y un hombre joven que no había visto nunca, pero no venían solos. Con ellos había otra fae alta, esbelta y de pelo oscuro ataviada con un vestido azul claro y dorado con los hombros al descubierto; vestido que a mí, con mis caderas anchas, me habría quedado fatal. Era preciosa, con facciones finas y delicadas. Fuera quien fuese, no intentó ocultar el tono perlado de su piel. El hombre a su lado tampoco se ocultó.

—Majestad. —Tanner se inclinó levemente antes de corregir la postura y hacer una reverencia completa. Clavó los ojos en mí antes de apartar la mirada. Tragó saliva; seguramente le preocupase que fuese a insultar a su rey en cualquier momento—. Siento interrumpirlo, pero creía que le gustaría saber que nuestros invitados acaban de llegar.

Caden se levantó sin mediar palabra y dirigió la vista hacia los faes tras Tanner. Su expresión se tornó seria y yo me sentí un poquitín incómoda. Los observé más detenidamente y noté que Caden no parecía muy contento de que nos hubieran interrumpido ni de verlos allí.

—Él es Sterling y ella, su hermana, Tatiana.

—Encantada de conocerlo, majestad. —La mujer dio un paso al frente con las manos sobre el abdomen para hacer una reverencia. Hacía gala de una elegancia propia de las bailarinas. Cuando se enderezó, sonrió—. Será un honor convertirme en su reina y servir a la corte juntos.

CAPÍTULO 7

Seguro que no la había oído bien. ¿Un honor convertirse en su *reina*?

Un miedo atroz me embargó a la vez que miraba a esa preciosa fae. No. No. Era imposible que hubiese oído o entendido esas palabras bien.

Porque si no... significaría que Caden iba a casarse. Que estaba prometido y pertenecía a otra mientras... mientras lo había tenido en mis brazos y en mi interior. Si lo que había oído era cierto, eso significaba que nunca había sido verdaderamente mío porque ya pertenecía a otra.

Me quedé tan pasmada que hasta me costó respirar. Se me formó un nudo en el estómago y me empezó a temblar todo el cuerpo.

—Al igual que para mí unir mi familia con la suya —habló el hermano, inclinándose con la misma elegancia.

Mi corazón empezó a latir con más fuerza y luego más rápido. Sentí una presión extraña en el pecho cuando giré la cabeza lentamente hacia Caden. Estaba hablando. Lo sabía porque veía cómo movía los labios, pero no oía las palabras debido al martilleo de mi corazón en los oídos.

Caden iba a... a casarse.

Me entraron ganas de vomitar.

Las náuseas me retorcieron las tripas. Noté la bilis en la garganta. Tenía que salir de aquí, poner distancia enseguida.

Coloqué las manos en los reposabrazos y me impulsé para ponerme de pie, pero no pude. Los músculos de mis piernas parecían haberse vuelto de gelatina.

Entonces Caden desvió sus ojos hacia mí y nuestras miradas colisionaron. No vi... *nada* en su expresión y supe que él lo vio todo en la mía. Se giró hacia la puerta.

—Concedednos un momento, por favor.

Hubo un breve instante de vacilación. Tanner murmuró algo que no llegué a comprender, luego Ivy y Ren salieron disparados cuando se dieron cuenta de que Caden les estaba pidiendo que se fueran. Sentí la intensa mirada de Ivy, pero no pude apartar los ojos de Caden mientras lo que habíamos hecho el día anterior se reproducía una y otra vez en mi mente. Sentía que me faltaba el aire. Que cada bocanada que tomaba no servía de nada para hinchar mis pulmones y filtrar el oxígeno a mi organismo. Faye y Tanner me bloquearon temporalmente la vista de Caden al marcharse y yo...

Yo no sabía qué sacar en claro de lo de ayer, ni tampoco lo que significaba. Aunque no había dado rienda suelta a mi corazón, ya lo quería antes de que nos acostáramos y, desgraciadamente, también después.

Y él era de otra.

La mirada ambarina de Caden se cruzó con la mía una vez más. Me empezaron a doler los dedos de lo fuerte que estaba agarrando los reposabrazos.

Dios, qué estúpida era. Qué ingenua al creer que no quería sentir nada por mí porque ya sentía más de lo que debía, independientemente de que me deseara físicamente. Jamás se me había pasado por la cabeza que hubiera estado luchando contra sus sentimientos por mí —fueran meramente físicos o no— porque ya se había comprometido con otra. Además, quedaba más que claro que no era la primera vez que oía la noticia del compromiso.

Nadie se creía que no le hubiesen comunicado nada hasta hacía unos minutos. De hecho, dudaba mucho que los faes actuaran así. Caden sabía perfectamente que estaba prometido con otra cuando me besó, cuando me desnudó y se acostó conmigo. Porque eso era lo que había hecho, ¿verdad? No habíamos hecho el amor. Nos habíamos acostado, sin más.

Yo solo era la otra.

—Di algo —me pidió.

Abrí la boca, la cerré y luego la volví a abrir.

—¿Qué quieres que diga? —Mi voz sonaba muy ronca, pero no podía aclararme la garganta.

Siguió mirándome fijamente.

—Cualquier cosa.

Se me escapó una risita.

—¿Quieres que yo diga algo? ¿Yo? ¿Estás...? ¿Estás prometido?

—Sí.

Un puñetazo en el pecho me habría dolido menos. Dejé de apretar los reposabrazos.

—¿Desde cuándo? —Me oí preguntar como si no supiese ya la respuesta o esta pudiese cambiar las cosas.

—Poco después de que ascendiera. —Caden apartó la mirada y la fijó en la ventana—. Era... —Un músculo palpitó en su mandíbula—. Era lo mejor para... La corte quiere a su rey y reina unidos —respondió con voz monótona—. Soy su rey. Es mi deber servirlos.

Me lo quedé mirando. La incredulidad estaba empezando a dar paso a la rabia; muy poco a poco, sí, pero ahí estaba, hirviéndome la sangre y calentándome la piel.

—¿Lo mejor para tu corte fue que nos acostáramos ayer?

Caden tensó los hombros.

—¿Dos veces? —La rabia fortaleció los músculos de mis piernas. Me puse de pie.

—Ya te dije que no podía haber nada entre nosotros —se defendió.

—Sí, y luego nos acostamos.

—No fue solo eso. —Me miró de golpe. Sus ojos ambarinos echaban chispas—. Eso no es lo que hicimos.

—¿Ah, no? ¿Y cómo demonios llamas a tener sexo con alguien que no es la persona con la que estás prometido?

—Fue un... —Volvió a desviar la mirada—. No tendría que haber sucedido. Lo de ayer fue culpa mía, no tuya. Tú no hiciste nada malo.

—Ya *sé* que no he hecho nada malo. Yo no soy la que está prometida con otro.

—Lo único que puedo decir es que lo siento, Brighton.

—¿Que lo sientes? —Sentía el pecho como si me lo estuviese vaciando por dentro—. ¿Qué parte es la que sientes? ¿Lo que pasó entre nosotros? ¿O el hecho de que se te olvidara mencionar que estabas prometido?

Apretó la mandíbula otra vez.

—Todo.

El corazón se me rompió en un millón de pedazos. Yo había sido muchísimas cosas, pero nunca un error. Nunca había sido un error para la misma persona dos veces. ¿Qué era lo que mi madre me decía cuando era pequeña? «Engáñame una vez y la culpa es tuya. Engáñame dos veces y es la mía».

—No lo entiendes. —Me miró—. Es imposible que lo comprendas...

—¿Porque no soy una fae?

Nos miramos. Una eternidad discurrió entre nosotros a la vez que un montón de emociones distintas cruzaban su rostro. Y entonces desaparecieron como si de pronto hubiera decidido controlar lo que fuese que estuviera sintiendo.

—Sí, porque no eres como yo. Soy el rey. Debo tener una reina, y tú... tú eres una distracción. Una debilidad de la que no pienso dejar que nadie se aproveche.

Un dolor profundo e intenso se mezcló con la rabia. Retrocedí, mis piernas chocaron con la silla y perdí el equilibrio. Caden dio un paso hacia mí con el brazo extendido.

—¡No me toques! —chillé a la vez que me enderezaba. Una quemazón escaló por mi garganta y luego se desplazó a mis ojos—. ¡No vuelvas a tocarme!

Caden... no, él ya no era Caden, sino el rey. Más me valía recordarlo. El rey retiró la mano y nuestras miradas conectaron una vez más. La presión en mi pecho continuó expandiéndose hasta el punto de creer que iba a estallar.

Y entonces las palabras salieron solas.

—Quiero decirte que te odio, que te desprecio, pero sabrías que no es verdad.

Permaneció callado durante un largo instante en el que una sucesión incompleta de pensamientos invadió mi mente.

De todas las cosas que creía que quería decirle, solo conseguí formar una con claridad.

—Jamás pensé que fueses horrible por todas esas cosas que hiciste bajo el hechizo de la reina. Odiaba que te echases la culpa de cosas que se escapaban de tu control. Me mataba un poquito por dentro, pero esto... —Me estremecí—. Esto sí que es culpa tuya. Ya me diste falsas esperanzas la primera vez y ahora lo has vuelto a hacer. Es verdad que no me has hecho ninguna promesa, pero me conoces mejor que muchos. Ya sabías que iba a significar algo para mí, y, aun así, me has convertido en la otra. Me has hecho sentir vergüenza y arrepentimiento, y por todo eso sí que creo que eres una mala persona.

El rey cerró los ojos.

Le di la espalda, recogí el bolso y salí de la estancia con la cabeza bien alta, pero con el corazón roto y el cuerpo absolutamente agotado.

Justo al abandonar la sala de reuniones me di cuenta de que había sido la misma que hacía semanas, cuando me había roto el corazón por primera vez.

* * *

El viaje de vuelta a casa no fue más que un borrón de árboles, cemento, gente y coches. Ivy me llamó tres veces antes de que pusiera el teléfono en silencio. No sabía si me llamaba porque quería enterarse de lo que había pasado entre... el rey y yo o porque había estado saliendo a cazar. De todas formas, ahora no podía hablar con ella.

Extrañamente, cuando salí del Hotel Faes Buenos, no sentía nada, igual que durante todo el trayecto de vuelta a casa. Incluso cuando abrí el portón de hierro y me encaminé hacia la puerta principal seguí sin sentir nada. O tal vez es que sentía tantísimas cosas que mi cuerpo se había visto superado y había dejado de enviar las emociones a mi cerebro.

Pero las manos no me dejaron de temblar mientras abría la cerradura y dejaba el bolso y las llaves en la mesa de la entrada.

Me quedé allí plantada durante... no sé cuánto tiempo. ¿Segundos? ¿Minutos? Se suponía que debía estar trabajando, pero no me veía capaz. Tampoco de ver a Ivy. O a Miles.

Tensa, me giré y caminé hacia el salón. Dixon no estaba correteando por el suelo de madera. Tink y Fabian no estaban para distraerme con películas o conversaciones tontas. Tragué saliva, pero parecía tener la garganta cerrada. Me obligué a respirar hondo...

—He oído que me estabas buscando.

Me di la vuelta con el corazón en la boca.

Había un hombre a unos pocos pasos detrás de mí. Su pelo corto y castaño y su rostro atractivo y cruel eran tal y como los recordaba. La leve sonrisilla que tenía en la cara curvaba la cicatriz que le cruzaba el labio.

«Aric».

Mi instinto se activó y salté hacia atrás, pero él era demasiado rápido. Se me abalanzó antes de que pudiera accionar la pulsera. Con una mano me agarró las muñecas y me las sujetó detrás de la espalda. La otra la deslizó por mi garganta.

Segundos.

En cuestión de segundos me había atrapado.

—Así que pensé en venir a buscarte yo a ti —dijo.

Me retorcí, pero él afianzó su agarre. Abrí los ojos como platos cuando acercó su boca a la mía. Sabía lo que venía. Ay, Dios, sabía lo que...

Aric inhaló.

Mi cuerpo se sacudió como si entre nosotros se hubiera creado un vínculo irrompible. Estaba atada a él desde lo más hondo de mi ser y, mientras se alimentaba de mí, notaba cómo me iba vaciando por dentro. El dolor que sentía era como un fuego helado del que no podía liberarme, que me quemó las entrañas y me arrastró hasta un abismo tanto helado como abrasador.

CAPÍTULO 8

Tenía frío.

Aquello fue lo primero de lo que me di cuenta cuando me despejé de la oscura neblina que me había absorbido.

Me estremecí de pies a cabeza. No sabía que fuese posible sentir tanto frío. Estaba helada y la humedad se colaba por debajo de mi vestido. ¿Por qué tenía tanto frío? Antes sí que había hecho algo de fresco, poco más de doce grados, pero ahora era como si estuviese tumbada sobre la nieve.

Confundida, intenté recordar qué había estado haciendo antes de... antes de quedarme dormida. Eso había hecho, ¿verdad? No. No tenía sentido. Intenté abrir los ojos, pero me pesaban. Sentía como si los tuviera pegados. Unas imágenes borrosas del salón de mi casa destellaron en mi mente. Había estado allí...

¿Qué había pasado?

Quise abrir los ojos, pero al intentarlo sentí un pinchazo de dolor en el cráneo. Me encogí y los mantuve cerrados. Poco a poco el dolor se fue disipando. ¿Estaba herida acaso? Eso explicaría la confusión y el dolor, pero ¿cómo? Estaba en casa...

Había llegado y...

Aric.

Se me aceleró el pulso cuando me asaltaron los recuerdos. Había estado esperando a que llegara a casa. Se había abalanzado sobre mí muy rápido, antes siquiera de que pudiera gritar o sacar la estaca.

Se había alimentado de mí.

Dios. Ese hijo de puta me había usado sin ningún miramiento. Los labios me hormiguearon al recordar su aliento helado y el miedo afloró al rememorar el momento en que se alimentó. No se pareció en nada a cuando Cad... a cuando *el rey* lo había hecho. Aquello había sido orgásmico, pero esta vez... esta vez se había asemejado más a como si unas garras heladas hubieran escarbado en lo más profundo de mi ser, destrozando tejido y huesos, y me hubiesen arrebatado mi esencia. Ahora me acordaba. La ola de dolor me había dejado inconsciente.

¿Cuánto se habría alimentado? Visto el estado de mi cabeza, yo diría que más que suficiente.

Necesitaba levantarme, enterarme de dónde diablos estaba, encontrar a ese asqueroso y matarlo una y otra vez.

Giré la cabeza y noté algo en el cuello que me retenía, que me inmovilizaba. Abrí los ojos y levanté las manos. Tenía algo de metal en torno al cuello. Pegué la mano al círculo, metí los dedos por el escaso espacio entre la piel y el metal y me incorporé para ver dónde...

—¿Qué demonios...? —exclamé con voz ronca.

Lo único que sabía era que no estaba en casa. Lo único que conseguí ver en la penumbra me recordaba a... Dios, a algún tipo de cripta subterránea.

A una tumba.

Sentí cierta presión en el pecho y observé la estancia circular. Había dos antorchas en la pared grisácea de ladrillo a unos metros de distancia. Unas hebras oscuras y fibrosas descendían por las paredes desde el techo bajo y creaban una red. ¿Eran enredaderas? Frente a mí vi una losa de un metro y medio de alto. Estaba manchada en el centro con algo... oscuro.

Fue entonces cuando me di cuenta de que estaba sobre otra bastante similar.

Joder.

Estaba en una maldita cripta, encadenada a una losa que, a juzgar por la mancha, tal vez hubiesen usado para matar a gente. Levanté el brazo y el pelo me cayó hacia delante, sobre los hombros desnudos. El miedo me embargó. En parte sabía lo que me iba a encontrar cuando bajara la mirada, y no me equivoqué. Me habían quitado la pulsera del trébol de cuatro hojas. Sin ella, era vulnerable a los hechizos de los faes.

Dios.

Cerré los ojos con fuerza y traté de calmarme. Un loco desquiciado me había secuestrado y ya sabía cómo iba a terminar.

Muerta.

«No». No podía pensar así. Tomé una bocanada de aire viciado e intenté no entrar en pánico. No podía pensar así o, de lo contrario, no saldría con vida de aquí.

Abrí los ojos e ignoré la punzada de dolor que sentí cuando me acerqué las piernas al pecho y las giré hacia el borde de la losa. Me mareé, así que volví a inspirar hondo antes de agarrar la cadena y ponerme de pie. Hice un gesto de dolor cuando mis pies descalzos rozaron el suelo. Se me habían debido de caer los zapatos en algún momento del trayecto o puede que, directamente, hubiesen decidido quitármelos. Seguí la cadena hasta el gancho de metal incrustado en el suelo de piedra. Supuse que tendría unos dos metros de largo, pero no era lo bastante larga como para llegar hasta la puerta, que parecía ser de madera.

—Joder —maldije al tiempo que retrocedía entre las dos losas.

Miré alrededor de la cripta hasta que mis ojos se detuvieron en las enredaderas. La cámara parecía encontrarse bajo tierra, pero era complicado encontrar un sitio así en Nueva Orleans. Entonces, ¿estaba fuera de la ciudad? De ser así, ¿a cuánta distancia? ¿O es que tal vez habían diseñado el sitio para que pareciera estar bajo tierra?

Si seguía cerca de la ciudad, podría averiguar exactamente dónde en cuanto saliese. Me sabía el plano de Nueva Orleans y las áreas circundantes de memoria.

Simplemente tenía que conseguir salir de la cripta.

Agarré la cadena con más fuerza y examiné el metal con mayor atención. Pasé el pulgar por una zona oxidada y la limpié.

Un momento.

No era óxido.

Sino *sangre* seca.

Madre de Dios.

Con el estómago revuelto, levanté la vista hasta la puerta y casi se me cayó la cadena al suelo. Me ponía de los nervios, pero también era un arma. Recordé aquella escena donde la princesa Leia asfixiaba a Jabba el Hutt.

Podría hacer algo similar. De hecho, imaginarme estrangulando a Aric hasta matarlo reemplazó la escena original de *El retorno del Jedi* y hasta me alegró. Giré la cadena y aguardé.

No pasó mucho tiempo.

Oír las pisadas fue como una bocanada de aire fresco. Me acerqué a la losa, oculté la cadena tras mi espalda y me apoyé contra la piedra. Tenía todo el cuerpo tenso.

Apenas un instante después, la puerta se abrió y una racha de aire fresco con olor a rosas se precipitó al interior. Quizás hubiera un jardín cerca..., así que me apunté esa información para más adelante. Vi a Aric, que parecía estar solo, en el umbral. Sus hombros eran casi igual de anchos que la puerta. Se agachó y entró.

Vi una ráfaga de luz que me sobresaltó y después oí un chisporroteo. Casi una docena de antorchas se encendieron de repente e iluminaron la sala.

No me había equivocado con las enredaderas, pero vi que también había cadenas enredadas en ellas.

—Pensé que todavía estarías dormida —dijo Aric con voz profunda y cargada de diversión.

Los eslabones de la cadena se me clavaron en las palmas.

—Siento decepcionarte, imbécil.

Se enderezó y soltó una carcajada. La puerta tras él se cerró y cortó la corriente de aire fresco y limpio.

—No te disculpes, me encanta que estés despierta.

Alcé la barbilla y me obligué a respirar de forma regular.

—¿Dónde estoy?

—Donde quiero que estés.

—No me has respondido.

Aric esbozó una sonrisa malévola y se paró apenas a un par de metros de la entrada, fuera de mi alcance.

—Justo a las afueras de la ciudad. Creo que este sitio era una antigua cripta que se hundió bajo tierra.

Me quedé helada.

—¿Te sorprende que te lo diga? —Inclinó la cabeza—. No me preocupa que vayas a escaparte. En absoluto.

La ira reemplazó a la sorpresa. La piel me hormigueó.

—Yo que tú no estaría tan seguro.

Me miró.

—Tu valentía es encomiable, pero no tengo motivos para no estarlo.

Aunque el corazón me iba a mil por hora, me obligué a reír.

—De la confianza a la arrogancia solo hay un paso.

—Cierto es. —Alisó una arruga imaginaria en su camisa blanca de lino—. Pero son distintas. Aunque no es que tú sepas mucho de confianza.

—No tienes ni idea de cómo soy. —Tensé la espalda.

—Lo sé todo sobre ti, Brighton Jussier —respondió él—. Tienes treinta años, estás soltera y no tienes hijos. Antes te ocupabas de cuidar a la desequilibrada de tu madre y ahora te dedicas en cuerpo y alma a buscarme y matarme.

Inspiré pesadamente.

—¿Has leído mi perfil de Facebook o qué?

Él se echó a reír.

—Naciste en pleno seno de la Orden, pero no eres una miembro de verdad. Solo me das caza a mí, nada más. ¿Cómo decirlo suavemente? Eres una miembro de segunda. No les eres útil. Te dejan pertenecer a la organización solo por quienes fueron tus padres.

Me encogí ante el impacto que tuvieron sus palabras sobre la herida que ya habían abierto Ivy y Ren al dudar de mi capacidad de hacer algo más que leer mapas. Había muchísima verdad en las palabras del fae.

—La única razón por la que me interesé por ti fue porque ayudaste al príncipe de verano cuando estaba herido.

Se refería a Fabian y a la noche en que devolvieron a la reina al Otro Mundo, cuando llevé al príncipe de vuelta al Hotel Faes Buenos.

—Aparte de eso, eres bastante normal. Bueno, sin contar con que te has tirado al rey —añadió. Se me cortó la respiración—. Aunque ya antes tenía un gusto pésimo para elegir a sus amantes.

De no estar encadenada a una tumba, sus palabras me habrían dolido.

—¿Sigues creyendo que no sé nada de ti, pajarillo?

—No me llames así.

—¿Por qué no? Así te llama Caden, ¿no?

Oír su nombre me descolocó, aunque no podía permitirme reaccionar así.

—No, no me llama así.

—Mmm. —Aric se cruzó de brazos—. Así llamaba a Siobhan. ¿Sabes a quién me refiero?

—No. —No le quité la vista de encima. Me obligué a esperar al momento oportuno para atacar—. Y por si te lo preguntabas, me importa una mierda.

—Era su amante, su futura compañera.

Aguanté la respiración. ¿Otra prometida?

—La llamaba «su pajarillo» porque era liviana y constante. Siempre estaba a su lado cuando eran jóvenes. Ay, cantaba tan bien. —Aric soltó una leve carcajada—. Ya veo que no tenías ni idea.

Apreté los labios y no respondí. No había nada que decir. El rey había dejado de ser Caden para mí. Anoche, más concretamente, con lo que hizo. Me sonrojé al recordar la humillación. Ahora solo era el rey para mí y me importaba un comino si había tenido una prometida o cinco.

—Siobhan era su alma gemela, su único amor. Desde que nacieron estuvieron prometidos. A ella la educaron para ser reina. Pasaron más de dos siglos compartiendo sus vidas, y también sus cuerpos. Era hermosa. Una criatura preciosa, alta y elegante. Era rubia, como tú, y su cabello brillaba como el sol. —Curvó los labios en una sonrisa provocadora. Me sacudí—. Eso es lo único que tenéis en común. Aparte del pelo, no eres más que una simple humana, tan patética y banal como todos los demás.

Me daba igual. El nudo que me empezó a subir por la garganta no se debía en absoluto a lo que estaba diciendo. Qué va. Para nada.

—Creo que me ha quedado claro.

Me lanzó una sonrisilla.

—¿Sabes lo que le pasó al pajarillo de Caden?

—No, pero apuesto a que me lo vas a contar tú.

—Le rompí las alas y le arranqué las plumas. —Curvó el labio superior.

La repulsión dio paso a la comprensión. Entonces cuando Caden habló de perder a un ser querido, se refería a ella. Por eso quería matar a Aric; no porque el psicópata quisiera traer a la reina de vuelta al mundo mortal o porque lo hubiese apuñalado en la batalla, sino porque el muy hijo de puta había matado a su prometida. Entendía que el rey sintiese la necesidad de vengarse, porque este monstruo también me había arrebatado a alguien a mí.

—Aquello provocó la guerra entre nuestras cortes —prosiguió Aric—. Bueno, una de muchas, pero esta fue la más importante. Tuvimos años de paz. El Otro Mundo prosperaba, pero mi reina... Ella quería este, y para eso necesitaba a Caden. Ya sabrás lo de la profecía.

Claro que lo sabía. El hijo del príncipe y una semihumana, que casualmente era Ivy, desharían los hechizos que sellaban los portales del Otro Mundo. Desafiarían la ideología y las bases sobre las que se cimentaba nuestro mundo y el Otro, y ambos acabarían destruidos, puesto que no deberían existir semihumanos, ni el príncipe debería encontrarse en la Tierra. La primera vez que oí la profecía me costó creerla.

Aric descruzó los brazos y se encaminó hacia la pared junto a la puerta.

—Mi labor consistía en incitar al príncipe a ir a la guerra y debilitarlo en la batalla. Sabía exactamente cómo provocarlo, y por eso secuestré a Siobhan. —Aric estiró el brazo y pasó los dedos por la enredadera. La planta palideció y se marchitó—. Pero lo disfruté inmensamente.

—Estás loco —escupí—. En serio. Eres un maldito psicópata. No soy el pajarillo del rey. No soy nadie para él, así que no sé por qué me cuentas esto. No me afecta. —Mentira.

—Es verdad —murmuró Aric al tiempo que me miraba por encima del hombro—. Jamás llegarás a la altura de Siobhan.

Me encogí. Me odié a mí misma por reaccionar y a él por conseguir que lo hiciera.

—Tal vez no signifiques tanto para él; al fin y al cabo, eres humana, pero sí que le importas. —Dejó caer la mano y se giró hacia mí—. Lo suficiente como para saber que disfrutaré del tiempo que pasemos juntos, aunque no vayas a durar tanto como Siobhan.

Cuando empezó a avanzar hacia mí, se me revolvió el estómago. Sentía la cadena en las manos como si tuviera vida propia.

—Y cuando acabe contigo, me aseguraré de que Caden se entere de dónde has estado y de lo que te he hecho, aunque no sepa que has desaparecido.

Unos pasos más, solo unos pocos más.

—Y si ahora le da igual, luego la cosa cambiará —prosiguió el antiguo con voz susurrante y provocadora—. Porque cuando acabe contigo lo único que recordará es a su paj...

Me lancé hacia delante, levanté la cadena por encima de la cabeza y la preparé para enroscarla en torno al cuello de ese malnacido y apretar hasta arrancarle la cabeza.

Pero aquello no fue lo que pasó.

Aric fue muy rápido. Me arrebató la cadena de las manos con tanta fuerza que me dejó las palmas en carne viva. Me sacudí cuando el dolor me escaló por los brazos. Tiró de la cadena y no me quedó más remedio que tropezar hacia delante. Choqué con él justo antes de que posara la mano en torno al metal que rodeaba mi cuello.

—¿Qué pretendías? —preguntó, y sus ojos azul claro relucieron—. ¿Hacerme daño?

—Matarte —respondí con un jadeo.

—¿En serio? —Aric se rio y me levantó hasta tenerme de puntillas—. ¿Serías capaz? Porque la última vez te rendiste enseguida. No dejaste de temblar y llorar en el suelo mientras la vieja moría desangrada a tu lado.

—Ya no soy así.

—Bien. —Me miró con desdén—. Prefiero que luches. La debilidad me aburre.

Antes de poder responder, me levantó completamente del suelo. Me cortó la circulación y toda capacidad para respirar. Sentí un ramalazo de pánico en la boca del estómago. Se dio la vuelta y me estampó contra la losa, lo que me dejó sin el poco aire que me quedaba en los pulmones. En cuanto me soltó del cuello, el entrenamiento empezó a surtir efecto.

«Que no te inmovilicen contra el suelo».

Lancé un puñetazo y me incorporé, pero como seguía sujetando la cadena, tiró de ella para desestabilizarme. Mi nuca impactó contra la piedra justo antes de que me detuviera el puño y después la otra mano. Emitió un ruidito de desaprobación, juntó mis muñecas y las aprisionó con una sola mano.

—Sigue luchando —dijo—. No sabes lo que me entretiene.

Alcé las caderas y me giré hacia él para propinarle una patada. Le di con el talón en el muslo y él gruñó. La alegría apenas duró, puesto que me levantó los brazos por encima de la cabeza.

—No me gustan las patadas, pajarillo —me amonestó. El miedo me atenazaba como su agarre en torno a mis muñecas—. A ti no te gustaría recibirlas, ¿verdad?

—Que te den. —Volví a patearlo y le acerté en el estómago.

El golpe en la sien me aturdió. Ni siquiera lo había visto moverse, pero sí que sentí el dolor. Mi vista se tiñó de blanco mientras trataba de respirar adolorida.

—¿A que no te ha gustado? —Me había inmovilizado la pierna y se estaba moviendo hacia al borde de la losa—. Pues puedo hacerte cosas mucho peores.

—P-pegas como un... crío —dije a la vez que intentaba aclararme la vista.

Noté que cerraba unos grilletes en torno a mis tobillos. Lo bueno era que, por lo menos no tenía las piernas abiertas. Sin embargo, cuando agaché la barbilla para mirar abajo vi que el dobladillo del vestido se me estaba subiendo. Aunque tampoco es que tuviera mucho recorrido por hacer.

Aric se me volvió a acercar.

—Menuda boca.

—¡Sorpresa!

Me dedicó otra pequeña sonrisa y posó una mano sobre la mía.

—Voy a tener que enseñarte a medir cómo te diriges a mí. —Pasó los dedos por mi brazo y mi corazón se puso a mil por hora.

—Buena suerte.

—No me hace falta. —Apartó la mano y me agarró de las mejillas—. Pero a ti sí, aunque no te servirá de nada.

Me obligué a mirarlo a sus ojos claros.

—No te tengo miedo.

Él ensanchó la sonrisa y presionó mis mejillas con más fuerza.

—Mentirosa. ¿Sabes cómo lo sé?

Era cierto. El antiguo me aterrorizaba, pero no pensaba darle la satisfacción de admitirlo en voz alta.

—¿No me digas que eres un fae listillo y sabelotodo?

—Qué graciosa. —Su risa me hizo estremecer. Me levantó la cabeza—. Lo huelo en tu sudor. Me recuerda al queroseno.

—Siento no... —reprimí un gruñido cuando ejerció más presión en mi mandíbula— oler mejor.

—No seas tan exigente contigo misma. —Me levantó por la mandíbula mientras sujetaba la cadena fuertemente con la otra mano. Acortó la longitud de la cadena para que el grillete presionara contra mi garganta. Me dolía la espalda de lo mucho que la tenía arqueada y sentía los brazos completamente estirados—. Me encanta el olor del miedo. Me excita.

El corazón me dio un vuelco antes de acelerarse y entonces me asaltó un pánico totalmente distinto. Era capaz de soportar un montón de cosas, o al menos eso me decía a mí misma: dolor, humillaciones, miedo. Nada nuevo. Pero no sabía cómo gestionar esta nueva premisa.

—Estás enfermo —jadeé.

Aric colocó su rostro a la misma altura que el mío y yo, como consecuencia, abrí y cerré los puños. Cuando habló, su aliento gélido llegó hasta mí.

—No lo suficiente como para aprovecharme de ti, si eso es lo que te preocupa.

El alivio me embargó de golpe. Sentí un ardor subir por mi garganta...

—No te alegres tanto. Me ofende. —Ladeó la cabeza y su mirada se paseó por mi cuerpo, deteniéndose en áreas que me pusieron los vellos de punta—. Aunque, bueno, la cosa podría cambiar.

Me entraron náuseas cuando clavó sus ojos en los míos. Lo fulminé con la mirada y apreté aún más las manos en puños. Deseé haberme puesto cualquier cosa menos este vestido apretado y sin mangas. Aunque tenía la sensación de que incluso con un abrigo o un mono que me cubriese de arriba abajo, también me habría sentido desnuda bajo su mirada.

Aric curvó una comisura de la boca.

—Pero ahora quiero otra cosa.

—No te pienso contar nada de la Orden.

—Estúpida. —Tiró de la cadena y me echó la cabeza hacia atrás—. Ya lo sé todo sobre la Orden. No son ninguna amenaza.

No sabía si era cierto o no, pero no podía centrarme en eso. No cuando la tirantez de la cadena hacía que me doliese el cuello.

—Entonces no te sirvo de nada.

—Te equivocas. —Se apartó de mí y movió una mano hacia su espalda—. No sabes lo útil que me resultas.

Aric sacó algo de su bolsillo trasero. Se me paró el corazón cuando vi lo que sostenía gracias a la luz de las antorchas. Un arma fina, alargada e increíblemente afilada.

Lo miré y me quedé sin aire cuando su mano y la hoja desaparecieron de mi vista.

—¿Qué vas a hacer?

Él seguía sonriéndome.

—Arrancarte las alas.

Cabía la posibilidad de que me hubiera dado un infarto.

—Grita todo lo que quieras —dijo y sentí la punta contra mi piel. Me mordí el labio cuando la presión se convirtió en dolor—. Pero no va a venir nadie a por ti.

CAPÍTULO 9

Me ardía el cuerpo y por una vez deseé que regresara aquel frío estremecedor que sentí cuando desperté por primera vez en esta cámara.

¿Y cuándo fue eso?

Tenía que ser... hace días. Sí, días. Tal vez cinco si me basaba en las veces que había venido Aric. Dos por día, creía. Posiblemente una por la mañana y otra por la noche, y en cada una se quedaba lo suficiente como para hacer lo que debía, que era llevarme fuera para que hiciese mis necesidades como un perro con correa, y luego lo que le daba la gana, que era convertirme en un alfiletero viviente.

Y alimentarse.

Generalmente se alimentaba durante la segunda visita y siempre me dejaba inconsciente cuando se marchaba. Luego me despertaba igual que al principio, con un fuerte dolor de cabeza y sintiéndome desorientada. Además, cada vez parecía tardar unos cuantos segundos más en recordar cómo había llegado hasta aquí. Y por qué.

Mi estómago vacío gruñó mientras contemplaba las enredaderas junto a la puerta. Debían de haber pasado mínimo tres días desde que Aric me trajese una hamburguesa fría del McDonald's. La engullí tan rápido que al poco la vomité. Ahora mataría por comerme otra, daba igual lo fría y rancia que estuviese.

Traté de tragar saliva y eché la cabeza hacia atrás. Un poco de agua también estaría bien. Me daba la suficiente para sobrevivir, pero ni de lejos la necesaria para aplacar la sed.

Y bañarme en lidocaína también estaría genial.

Suspiré sin atreverme a moverme demasiado. La pesada cadena estaba desparramada en el suelo junto a donde me encontraba sentada contra la base de la losa. Siempre me liberaba las muñecas y los tobillos después de alimentarse, por lo que podía deambular por la cripta tanto como me permitiese la cadena.

Lo cual no era mucho.

Lo único que sabía era que Aric no pensaba matarme. Al menos por ahora. Y, a pesar de lo espeluznante que me resultase la situación, estar viva me parecía mucho mejor que estar muerta.

O eso era lo que no dejaba de repetirme una y otra vez.

Probablemente no debería estar en el suelo teniendo en cuenta que todo mi cuerpo era una gigantesca herida abierta y a saber los gérmenes y enfermedades que se me estarían colando a través de los cientos, si no miles de cortes que cubrían toda la superficie de mi piel. Seguramente contrajera alguna especie de bacteria necrosante o algo.

Aparté la mirada de las enredaderas y la bajé hasta mis piernas. Me encogí. La piel pálida estaba llena de moratones provocados por las manos de Aric cuando tuvo que sujetarme para evitar que me revolviera y lo golpeara. Tenían un aspecto un tanto desagradable, pero el de los cortes era mucho peor.

Tenía multitud de laceraciones en cada pierna, tanto delante como detrás, y todas eran justo de cinco centímetros y algo más profundas que un mero corte superficial. Los brazos, igual. Y también el pecho y buena parte de la espalda, razón por la que estaba en el suelo y no tumbada sobre el bloque de piedra.

Los cortes de la espalda... eran recientes.

Mi estómago volvió a rugir. Antes creía saber lo que era el hambre. Yo, ilusa de mí, pensaba que saltarme una comida podía provocar estas fuertes contracciones que casi me doblaban en dos.

Estaba hambrienta, y pensar en comer probablemente fuese lo peor que podía hacer, así que me centré en mis brazos magullados y conté los cortes empezando desde el hombro.

«Uno. Dos. Tres. Cuatro...».

No le había dado a Aric lo que quería. Ni la primera vez ni la segunda.

«Diez. Once. Doce. Trece...».

Casi me había partido los dientes de tanto apretarlos para no gritar. Pero a la tercera, Aric empezó con las zonas más sensibles y ahí no había entumecimiento que me protegiera.

«Veinticinco. Veintiséis. Veintisiete...».

Cuando me rajó la parte trasera de las rodillas y los codos, sí que grité.

Grité hasta que la garganta se me quedó en carne viva.

Me quedé mirando las manchas de sangre seca mientras otro escalofrío me recorría de pies a cabeza. Aunque Aric sí que tuvo razón en algo. Nadie vino cuando grité.

«Treinta y cinco. Treinta y seis. Treinta y siete. Treinta y ocho...».

Tomé otra bocanada de aire.

«Cuarenta y uno. Cuarenta y dos. Cuarenta y...».

El ruido de unos pasos me llamó la atención y levanté la cabeza bruscamente. Había vuelto. Me puse de pie rápidamente y me encogí de dolor cuando la piel se me estiró. La estancia se tambaleó y solo fui capaz de ver un caleidoscopio de llamas y paredes grises mientras trataba de recuperar el equilibrio.

La puerta se abrió y Aric apareció como si estuviese paseándose por un parque y no entrando a una cámara de tortura. Quise gritarle, pero vi que tenía una bolsa blanca de papel en la mano. Inspiré y percibí un suave olor a carne.

Casi se me doblaron las rodillas.

—Mírate, recibiéndome de pie. —Cerró la puerta a su espalda—. Estoy impresionado.

Lo único que pude hacer fue mirar fijamente la bolsa de comida. Aric siguió mi mirada.

—¿Tienes hambre?

No me moví ni dije nada mientras él se detenía a unos cuantos pasos de mí.

—¿Por eso no estás tumbada ni tratando de abalanzarte sobre mí como una idiota?

No creía que tratar de salir de aquí fuese ninguna idiotez, pero podía decir todo lo que quisiera siempre y cuando me entregara lo que hubiese en esa bolsa.

—Sí que tienes hambre. —Sonrió con suficiencia, abrió la bolsa y hundió la mano antes de sacar un bollito envuelto en papel—. Lo siento. Se me olvida lo mucho que coméis los humanos.

La boca se me hizo agua.

Le quitó el envoltorio y efectivamente reveló lo que parecía un bollito de pan. Entonces, si no me equivocaba, era por la mañana.

—Bueno, en realidad no se me había olvidado.

Ja, menuda sorpresa.

Dio un paso hacia delante, bajó la barbilla y sonrió. Se me tensaron todos los músculos del cuerpo. Aric era... bueno, un antiguo, así que evidentemente era guapísimo. Pero cuando sonreía era como si se convirtiera en alguien verdaderamente majestuoso.

Y también malvado.

Porque sonreía así cuando me laceraba la piel y cuando gritaba. Cuando me acompañaba fuera para que hiciera mis necesidades y todo estaba demasiado oscuro como para ver nada.

—Solo quiero que te quede claro que yo lo controlo todo —dijo como si me estuviese recomendando una serie de televisión—. Cuándo te despiertas. Cuándo descansas. Cuándo meas. Cuándo comes. Controlo cada segundo de tu vida.

Sus palabras consiguieron paliar el hambre que sentía. Tenía una larga retahíla de insultos en la punta de la lengua. Quería gritarle que, aunque pudiera controlar todo eso, todavía no había conseguido controlarme a mí, pero era contraproducente. Si quería recuperar las fuerzas, tenía que comer, así que mantuve la boca cerrada por mucho que la rabia me corroyera por dentro.

Aric me ofreció el bollo.

Lo miré con recelo y resistí las ganas de arrebatárselo de la mano.

—Venga —me instó—. Se va a poner frío y he oído que estas cosas saben aún peor si no están calientes. Sé una buena chica.

El odio me invadió. Me moría por hundir los dedos en su piel y arrancársela a tiras. Contenerme fue una de las cosas más difíciles que había tenido que hacer, pero conseguí reprimirme mientras alargaba el brazo y aceptaba la comida.

El golpe apareció de la nada y me hizo retroceder. Mis piernas cedieron y la habitación empezó a dar vueltas. Me caí y me rasgué una rodilla. Aturdida y con el sabor metálico de la sangre en la boca, planté las manos en el suelo y levanté la cabeza.

Aric movió el bollito en mi dirección.

—No has dicho «por favor».

* * *

Arañé la losa con la piedra que había encontrado cerca de la pared de enredaderas hasta que me dolieron los dedos, y los trazos de la misma longitud que los cortes que cubrían mi cuerpo al final tomaron forma.

«Me llamo Brighton».

«Mis amigos me llaman Bri».

«Tink me ha bautizado como Light Bright».

«Caden me llama lucero».

«Me llamo Brighton, y voy a matar a Aric».

Ese era mi mantra. Cuando acabé, solté la piedra y luego conté las rayas con un ojo. El otro lo tenía hinchado.

Trece. Trece días. No recordaba exactamente cuándo empecé o si había contado los días antes de comenzar a marcarlos en la piedra, pero habían pasado trece días. Saber eso me parecía importante.

Igual de importante que obligarme a recordar quién era y por qué estaba aquí cada vez que despertaba y no me acordaba de nada.

Casi tan importante como recordar que iba a matar a Aric.

Unos pasos resonaron fuera de la cripta y se me cayó el alma a los pies. Escondí la piedra tras de mí y permanecí quieta; ya había aprendido que era más seguro así.

La puerta se abrió y Aric apareció. Llevaba comida: una bandeja cubierta de plástico que no impedía que el olor de la ternera llegara hasta mí. Mi estómago rugió y el miedo me embargó de repente. Aquellas dos emociones tan distintas no hicieron más que aumentar la inquietud. Alimentarme no debería ser sinónimo de miedo, pero había empezado a serlo.

Aunque el hecho de que tuviese comida no era la única razón por la que se me activaron las alarmas.

Aric no venía solo.

A su espalda había una fae. Era la primera vez que veía entrar a alguien distinto a él a la cripta. Además, siempre que me llevaba arriba, nunca había nadie, aunque sí que podía oír el tráfico. La mujer era alta, tenía el pelo rubio y corto y también llevaba algo. Una bolsa.

¿Aric iba a dejar que me torturara?

Conociendo mi suerte, seguramente.

El antiguo se acercó y se arrodilló a unos centímetros de mí mientras la fae permanecía junto a la puerta. La petulancia y una enfermiza satisfacción aparecieron en su rostro repugnantemente atractivo.

—¿Cómo te encuentras hoy?

No respondí, solo lo fulminé con la mirada.

—Más vale que no te lo pregunte dos veces, pajarillo.

—De fábula —conseguí decir con voz ronca. Mis dedos doloridos se sacudieron.

Aric ladeó la cabeza.

—Me alegro.

«Seguro que sí».

—Me sorprendes cada día, ¿lo sabías? Que aún sigas viva, que sigas *ahí* dentro, es impresionante.

—Vivo para impresionarte. —Desvié la mirada hacia la bandeja de comida.

Él se rio por lo bajo.

—¿Tienes hambre?

Todos los músculos de mi cuerpo se contrajeron cuando volví a subir la mirada hasta él.

—Vaya. ¿No tienes hambre? —Enarcó las cejas a la vez que fue quitando el envoltorio de plástico—. Toma. —Me tendió la bandeja y yo no pude evitar mirar fijamente la carne. Estaba hecha en su punto y tenía un aspecto magnífico. Tanto que el estómago incluso me dolía—. Cómetelo.

Levanté la mano y me toqué el corte del labio inferior en un acto reflejo.

Aric sonrió como un padre con una hija que acabara de sacar todo sobresalientes en el colegio.

—Venga, que solo es comida. No te hará daño.

Eso era mentira.

Me temblaba la mano, así que la oculté rápidamente bajo los pliegues de mi vestido sucio. La mujer fae permaneció callada y de pie junto a la puerta.

—Sé una buena chica —murmuró Aric.

Lo miré a los ojos y la ira me embargó. «Voy a matarte». Empecé a temblar a la vez que me obligaba a seguir respirando. «Voy a arrancarte la maldita cabeza». Despacio, levanté la mano y estiré el brazo hacia la bandeja...

Entonces él se echó hacia delante y no pude evitar la reacción. Me encogí y pegué la espalda contra la piedra a la espera del golpe.

Por eso la comida se había convertido en un sinónimo de miedo y el hambre, en algo verdaderamente doloroso y temible. Era otra forma de tortura, física y mental. Era una versión más retorcida del perro de Pavlov, pero en vez de salivar al oír la campana, veía comida y experimentaba terror.

El condicionamiento clásico en todo su esplendor.

—Tómala —me ordenó al ver que no me movía—. Tómala o me la llevo.

Un escalofrío me recorrió la espalda al verme atrapada entre la espada y la pared. Si aceptaba la comida, lo más probable fuese que me asestara un puñetazo, una patada o una bofetada. Si no, el que se alimentaría sería él.

Elegí la primera opción y levanté la mano una vez más.

Él sacó la suya y me la atrapó. Se me paró el corazón cuando empezó a apretármela con fuerza... tanto que me machacó los huesos. Ahogué un grito de dolor.

—No aprendes, ¿verdad, humana estúpida? —Su sonrisa demudó en una mueca que lo hizo parecer más un animal rabioso que una persona normal—. ¿Qué se dice?

Lo que quería que dijera me sabía amargo en la punta de la lengua.

—Dilo.

Sabía lo que se avecinaba.

Enseñó los dientes.

—Dilo.

No dije nada porque lo único que me quedaba era la voluntad y pensaba preservarla aunque supiese que al final también se haría con ella.

—¡Que lo digas! —rugió.

Tragué saliva.

—Oblígame.

Soltó mi mano amoratada y me agarró de la barbilla. Con los dedos bien clavados en mi piel, me obligó a ponerme de rodillas y me miró a los ojos. No había manera de evitar su mirada; no pude ni parpadear mientras sus pupilas parecían contraerse al máximo.

Sin el trébol de cuatro hojas era como cualquier otra mortal, totalmente susceptible a los hechizos de los faes, y a Aric no le costó tomar el control de mi mente.

En cierto modo, uno muy enfermizo, fue casi un alivio sentir su roce helado contra mi consciencia, porque entonces no sentí nada. Ni miedo. Ni odio. Ni hambre.

Nada.

—Dilo —susurró, pero esta vez su voz reverberó a través de mí—. Di «por favor».

—Por favor —repetí.

Aric volvió a sonreír.

—Buena chica. —Me soltó la barbilla y dejó la bandeja de comida frente a mí—. Come.

Comí y usé los dedos para partir la carne, que ya estaba enfriándose.

—Cuando acabes, te bañarás —explicó Aric—. Apestas a sudor y a humanidad.

Me detuve a medio bocado y miré a la mujer que permanecía en silencio junto a la puerta. ¿Por eso estaba aquí? Sentí una punzada de preocupación, como si la idea de bañarme debiera preocuparme, pero la sensación se esfumó y yo continué comiendo.

Una vez que dejé el plato vacío, la mujer se acercó y depositó la bolsa a mi lado en el suelo. Regresó a la puerta y desapareció solo durante un momento antes de volver con otros dos faes. Traían una bañera de cobre que dejaron entre las losas. El agua se derramó por los bordes y me salpicó en las piernas. Encogí los pies. El líquido estaba helado.

Aric chasqueó los dedos y los faes se marcharon enseguida. Solo se quedaron la mujer y él, que se giró hacia mí.

—Ponte de pie.

Me levanté.

Aric ladeó la cabeza y me miró de arriba abajo.

—Eres mucho más fácil de tratar así. —Se acercó, me agarró suavemente la barbilla y me echó la cabeza hacia atrás—. Lo cual significa que todo irá mejor. Sé que en cuanto te libere, te resistirás.

Parpadeé como si nada mientras él levantaba el brazo y abría el grillete que tenía en el cuello. Lo dejó sobre la piedra.

—Sé que te resultará completamente humillante que te desnuden y se ocupen de ti como si no fueras más que una niña indefensa. Quiero ver el rubor de tu vergüenza y tus fútiles intentos por cubrirte con los brazos. —Cerró los ojos y suspiró—. Esa sería una imagen maravillosa. Pero, qué pena, porque temo que también pueda terminar destrozándote y, como eres mi nueva mascota favorita, aún no he terminado de jugar contigo.

Abrió los ojos.

—Además, tengo asuntos importantes que atender hoy. —Apartó la mano de mi mentón, retrocedió e indicó a la mujer que se acercase.

Yo permanecí inmóvil, a la espera.

Aric se giró, hundió la mano en un bolsillo y sacó su móvil. Se lo quedó mirando mientras la mujer recogía la bolsa y empezaba a sacar objetos. Sacó dos jarros que llenó con agua de la bañera.

—Desvístete —me ordenó con brusquedad—. Y métete en la bañera.

Desvié la mirada de ella a la espalda del antiguo.

La mujer suspiró, irritada.

—Mi señor.

Aric miró por encima del hombro y, un momento después, se rio por lo bajo.

—Desvístete y métete en la bañera, pajarillo.

Hice lo que me ordenó y dejé que la ropa sucia cayese al suelo antes de entrar en la bañera. El agua estaba congelada, por lo que me quedé inmóvil mientras el frío ascendía por mis piernas y espalda. No tuve tiempo de acostumbrarme a la temperatura. Sentí unos dedos en los hombros empujándome hacia abajo para que me sentase. Jadeé, estiré los brazos y me agarré a los laterales de la bañera.

La mujer se puso manos a la obra. Me frotó una pastilla de jabón con olor a lavanda por todo el cuerpo. El escozor de los cortes en carne viva batallaba con las propiedades insensibilizadoras del agua helada y, al final, el agua ganó. El dolor repentino desapareció cuando la mujer agarró un paño, se arrodilló a mi espalda y lo deslizó por mis brazos. El agua transparente enseguida se volvió turbia.

Aric se encaminó hacia la otra losa y se reclinó sobre ella como si estuviese tomando el sol junto a una piscina.

—Pregúntame qué asuntos tengo que atender hoy, pajarillo —dijo, levantando la vista del teléfono.

Me castañeaban los dientes y me encogí de dolor cuando la mujer me frotó la espalda con el paño lleno de jabón.

—¿Qu-qué asuntos tienes que atender hoy?

—Bueno, ya que me lo preguntas. —Volvió a concentrarse en su móvil—. Tengo una reunión muy importante con... cierto miembro de la corte de verano que, al igual que yo, desea que la reina regrese. Por razones muy diferentes a las mías, pero válidas igualmente.

Eché la cabeza hacia atrás mientras la mujer me enjabonaba el pelo enredado y grasiento.

—Estoy a punto de reabrir el portal y de liberar a mi reina. —Aric levantó la vista del teléfono y me miró mientras la mujer me tiraba del pelo una vez más. Enarcó una ceja antes de volver a bajar la cabeza y curvó los labios en una sonrisa—. ¿Sabes cómo lo conseguiré? Respóndeme.

La fae me encorvó y agarró el jarro.

—No.

Aric se levantó de la losa y se aproximó a la bañera.

—Obviamente, la probabilidad de que el rey tenga un hijo con una semihumana es escasa, pero existe una forma de abrir el portal. El mismo rey puede hacerlo.

Se arrodilló delante de la bañera y chasqueó los dedos. Un momento después, era él quien sostenía el jarro.

—Pero ¿por qué tendría que hacerlo?

Temblando, aguardé a que siguiera hablando.

Curvó una mano alrededor de mi nuca.

—Inclina la cabeza hacia atrás —me indicó y yo obedecí—. El rey jamás lo haría a menos que no le quedase más opción. Al fin y al cabo, haría cualquier cosa por proteger a su *mortuus*. Los faes de verano me revelarán cuál es su debilidad y con eso conseguiré que haga lo que yo quiera.

El agua fría que descendió por mi cabeza no me sorprendió tanto como cuando entré en la bañera, pero aun así pegué un brinco.

—Cada vez más jóvenes de verano prueban el aliento del diablo y la Orden estará tan ocupada encargándose de ellos que yo tendré vía libre para obligar al rey a reabrir el portal. —Agarró el otro jarro y terminó de enjuagarme el pelo. Luego lo dejó a un lado—. Y cuando eso ocurra, este mundo por fin será de la reina y no habrá nada ni nadie capaz de detenerla.

Unas gotas de agua salpicaron su camisa blanca cuando deslizó una mano por la parte delantera de mi garganta.

—Y, para entonces, tú probablemente ya estarás muerta.

Sus dedos siguieron el rastro del agua que se deslizaba por mis hombros y luego más abajo. No perdió de vista el recorrido de su mano.

—Tal vez me dejes por mentiroso. Eres más resistente de lo que pensaba y aún no me he cansado de jugar contigo. Todavía no estoy listo para acallar tus gritos para siempre.

Tomé aire de golpe al sentir un pinchazo repentino.

—Estoy gratamente sorprendido por lo... bien desarrollada que te veo para ser una mortal —musitó con la mano pegada a mi piel—. Empiezo a entender por qué el rey se interesó por ti. Aunque, bueno, él siempre fue... ¿cómo decirlo? Muy viril antes de comprometerse con Siobhan. Sus escapadas eran legendarias.

Su pálida mirada permaneció clavada bajo mis hombros, igual que su mano.

—Tu piel aquí está suave. Intacta. Tendremos que ponerle remedio, ¿verdad, pajarillo?

—Sí —susurré.

Riéndose por lo bajo, descendió la mano por mi vientre y luego la hundió bajo el agua. Me sacudí ante su contacto. Ensanchó la sonrisa a la vez que, por fin, levantaba los ojos hasta los míos. Me sostuvo la mirada durante un momento y luego desvió la suya hacia la mujer que aguardaba tras nosotros en silencio.

—Termina tú.

Aric se apartó y la mujer hizo lo que el fae le había ordenado, asegurarse de que el resto de mi cuerpo quedase bien limpio. Luego me sacó de la bañera y me secó con una tela blanca que, más que quitarme el agua, me irritó los numerosos cortes de la piel. Me colocaron una camisola por la cabeza y, cuando bajé la mirada, reparé en que solo me llegaba hasta la mitad de los muslos y que ofrecía poco abrigo.

Todavía temblando, aguardé donde me habían dejado a que la mujer regresara a la puerta y los mismos faes de antes volvieron a entrar y se llevaron la bañera. Entonces, de repente, me quedé a solas con Aric.

—Mucho mejor —comentó, levantando una mano. Curvó un dedo—. Ven.

Y fui.

Su contacto contra mi mejilla fue casi suave de no ser por la presión que ya sentía en la zona.

—Creo que ya es hora de liberarte, ¿verdad?

Insegura, asentí.

Aric se inclinó, recogió el grillete y lo volvió a cerrar en torno a mi cuello. Me miró a los ojos y susurró algo. El firme agarre de sus dedos desapareció de mi consciencia. Fue como una correa retráctil. El libre albedrío regresó a mí con tanta fuerza que hasta me tambaleé hacia atrás. Choqué con el borde de la losa y me quedé mirando al antiguo a la vez que tomaba grandes bocanadas de aire.

—Bienvenida, pajarillo.

Con el pecho subiendo y bajando sin parar, me separé de la losa.

—Vete a la mierda.

Aric sonrió con suficiencia.

—Ah, lo mucho que había echado de menos esa boca. Ojalá supieses lo que más he... —bajó la mirada por mi cuerpo de un modo que me puso los pelos de punta—... echado de menos.

Lo sabía. Aún podía sentir sus manos sobre mi piel, tocándome. Y lo que él no sabía era que lo recordaba *todo*. Lo que había hecho. Lo que había dicho. No sabía cómo ni por qué, y aunque desearía poder olvidar una gran parte de lo sucedido, ahora sabía cómo planeaba liberar a la reina.

Así que sonreí.

CAPÍTULO 10

Sentí una caricia en la mejilla que me sacó del abismo de la nada.

—Abre los ojos —me instó una voz dolorosamente familiar—. Necesito que abras los ojos, Brighton.

Reconocía esa voz suave y profunda.

Abrí los ojos con un jadeo y me topé con unos ojos de color azul pálido y una preciosa cara enmarcada por una cabellera rubia. No me podía creer que estuviese aquí.

—¿Caden?

El rey sonrió.

—Ahí está mi lucero.

«Mi lucero...».

—No... No entiendo nada. —Parpadeé pensando que desaparecería, pero ahí seguía cuando volví a abrir los ojos, con sus carnosos labios curvados en una sonrisa—. ¿Has venido a por mí?

—Claro. —Volvió a acariciarme la mejilla con tanta suavidad que apenas lo noté—. No podía no hacerlo.

Me lo quedé mirando, confundida.

—¿Cómo...?

—He estado buscándote. Bueno, todos. No nos hemos rendido —explicó a la par que agachaba la cabeza—. No me he rendido.

Caden me besó y sentí el roce de sus labios contra los míos como una corriente. No porque me doliera la piel hinchada y cortada, sino porque se me antojó como una ráfaga de aire fresco. Y porque sabía a sol.

—Hay que darse prisa. —Levantó la cabeza cuando nuestros dedos se encontraron—. Hay que sacarte de aquí ya.

Atónita por su presencia y el beso, no me resistí. Su mano se curvó contra la mía y me levantó. Me puse de pie con las piernas temblorosas, la garganta en carne viva y una picazón en los ojos.

—Has... has venido a por mí.

—Siempre vendré a por ti —respondió—. Te amo, Brighton.

Se me anegaron los ojos en lágrimas y me lo quedé mirando. Había venido a por mí... Me amaba.

Caden me soltó y se dirigió a la puerta. Las bisagras chirriaron cuando la abrió. El leve resplandor del crepúsculo iluminó la sala. Inspiré hondo y capté el leve aroma de las rosas. Él se dio la vuelta y me tendió la mano...

Un momento.

La última vez que vi sus ojos, no eran de un color pálido y frío, sino de un ámbar cálido. Pero ahora eran azules. No lo entendía.

—Ven —me urgió Caden—. Sígueme, deprisa. Antes de que se nos agote el tiempo.

Me di cuenta de que tenía razón y de que lo de los ojos no era importante. Hice amago de avanzar y caminar hacia la libertad, hacia la vida...

Pero sentí un tirón en el cuello y mis pies resbalaron. Caí de culo y gruñí cuando una punzada de dolor me recorrió la espalda. Me llevé las manos a la garganta y di con un metal frío y duro.

—¿Qué...? —Confundida, me volví hacia la losa.

La cadena...

El gancho seguía ahí, atornillado al suelo, y la cadena... seguía unida al grillete en torno a mi cuello.

¿Por qué no me lo había quitado Caden? Seguro que sabía que no podía marcharme estando encadenada. Me puse de rodillas y me volví hacia él...

Pero ya no estaba allí.

Solo vi la puerta de madera cerrada.

Me senté y dejé caer las manos al suelo.

—No está aquí —le dije a la sala vacía.

Jamás lo había estado.

Grité al darme cuenta. Caden no había venido. No había abierto la puerta. Había despertado. Esto no era un sueño. Era... una alucinación. Levanté la mano y me toqué los labios. Una alucinación muy real, porque aún sentía la presión del suave beso que me había dado.

—Dios —susurré mientras cerraba la mano en un puño.

Me sobrevinieron a la vez muchísimos recuerdos de mi madre sobre las horas en las que había estado totalmente ausente. Momentos en los que hablaba con gente que no estaba allí o cuando creía que los faes la seguían teniendo retenida. Todas aquellas veces en las que parecía que no estaba allí con ella. Cuando ni siquiera me veía.

Acababa de pasar por algo igual. Acababa de sufrir una alucinación tan vívida que hasta la había confundido con la realidad.

Dios.

Estaba perdiendo la cabeza.

* * *

No sabía dónde estaba ni por qué sentía tanto dolor. Tenía frío, pero notaba calor tumbada de lado sobre la losa dura, donde me había quedado mirando las llamas de las antorchas. Ni siquiera me parecían reales, apenas titilaban. Estaba en una cripta, eso sí que lo sabía, y tenía un grillete en torno al cuello. Y me dolía.

Bajé la vista hasta donde reposaban mis dedos. Estaban cubiertos de cortes pequeños que escocían.

Me dolía todo.

Y tenía hambre.

Nada de aquello presagiaba nada bueno.

Empecé a rodar para ponerme bocarriba, pero me detuve y me encogí. La piel de la espalda también parecía estar en carne viva, porque... porque ahí también tenía cortes.

Unas imágenes inconexas fueron tomando forma. El brillo de una daga. Unos ojos de color azul pálido. Gritos... Gritos y una risa fría y malvada.

Cerré los ojos, inspiré aire rancio y traté de filtrar los pensamientos en mi cabeza. Tenía la extraña sensación de que ya lo había hecho. Comencé con mi nombre porque me parecía una buena forma de empezar.

Mi nombre.

Tenía uno, estaba segura. Uno anclado al pasado, a los recuerdos, a un deber. Un nombre que acortaban a menudo.

Light Bright.

Aquellas dos palabras aparecieron en mi cabeza. Alguien me llamaba así porque mi nombre sonaba parecido.

Bri.

Brighton.

Abrí los ojos y los clavé en el techo bajo y oscuro. Mi nombre era Brighton y... y mis amigos —los tenía— me llamaban Bri, pero *él* me llamaba lucero. Sentí un nudo en el pecho que se convirtió en tristeza y... y amor. Un amor que... él no correspondía. Lo vi de repente; su pelo dorado rozándole los hombros anchos y sus ojos del color de la miel. Su rostro era tan delicado que no parecía ni real. Pero lo era, y se llamaba Caden. Era el rey y me había deseado..., pero después no. Volví a sentir aquel retortijón al recordar la última noche que lo había visto. Habíamos estado juntos. No lo habíamos planeado de antemano porque... yo había estado enfadada con él y él me había alejado hasta finalmente atraerme hacia sí. Habíamos hecho el amor. O, por lo menos, eso pensaba yo. Pero entonces... pasó algo.

Sentí cierta humedad en los ojos y algo de picor en la garganta. ¿Qué había pasado?

«Será un honor convertirme en su reina y servir a la corte juntos».

Las palabras aparecieron en mi mente bruscamente, así como el rostro de... el hada de verano que las había pronunciado. Su elegida. La que pronto se convertiría en reina. Habíamos hecho el amor y, sin embargo, estaba comprometido con una mujer digna, una fae preciosa...

Corté aquellos pensamientos de raíz en cuanto se me humedecieron las mejillas. Levanté la mano y me las sequé. El picor en los dedos a causa de la sal en las heridas abiertas despejó la confusión un poco más. Lo que había sucedido con el rey ya no importaba, porque estaba aquí...

Me dio la sensación de que tardé una eternidad en recordar cómo había terminado aquí, e incluso después supe que me faltaban detalles. Como, por ejemplo, dónde estaba cuando Aric me secuestró o el tiempo que llevaba aquí. Parecían haber pasado... semanas, aunque no estaba segura. Me di cuenta, poco a poco, de que me faltaban más datos cuando encajé un puzle al que le faltaban algunas piezas. Recordaba a Tink y su gato, pero por mucho que lo intentase era incapaz de recordar el nombre del animal. Sabía quién era Ivy, pero no conseguía dar con su apellido ni con el nombre de su novio. ¿O era marido? Solo recordaba el apellido de él. Y repetir Owens todo el rato no iba a hacer que recordase su nombre de repente como por arte de magia. Sabía que necesitaba recordar algo importante, algo que Aric había mencionado, pero era incapaz.

Sabía quién había matado a mi madre, pero no recordaba ni cuándo ni cómo. Sabía que a mí también me había pasado algo aquella noche, pero no lograba acordarme. Y también sabía que me faltaba información, porque...

Porque me estaban despojando de mi esencia cada vez que se alimentaban de mí.

¿Fue eso lo que le pasó a mi madre antes de que la mataran, cuando los faes la tuvieron secuestrada? Se habían alimentado tanto de ella que había perdido parte de su esencia... y se disociaba de vez en cuando.

¿Era eso lo que me estaba pasando a mí? Cada vez que me obligaba a rebobinar y a recordar, me acordaba de menos detalles. ¿Dejaría de recordar llegados a un punto?

Me estremecí.

El pánico me instó a erguirme e ignoré el dolor que sentí a causa del movimiento. Mareada, dejé las piernas colgando por el borde de la losa. Me palpitaba el lado derecho de la cara. Palpé la zona de la mandíbula con cuidado. La piel en torno al ojo izquierdo parecía estar igual. Me miré las piernas; tenía moratones y cortes, un mapa de tajos y tonos horribles de rojos y morados. Recordaba cuándo me los habían hecho, pero no por qué.

No podía obcecarme en todo aquello, no cuando todavía quedaban partes de mí misma, lo que significaba que aún tenía una oportunidad para escapar.

Me noté decidida. Volvía a tener un objetivo y ganas de seguir, de mantenerme viva.

No moriría en este sitio.

No moriría a manos de Aric.

No le daría el gusto.

Sentí un vacío en el pecho mientras me repetía aquellas tres frases una y otra vez. Desvié la vista hacia el lateral de la losa y vi unos pequeños arañazos. Seguramente provocados por la piedrecita que había al lado en el suelo y que apenas era más grande que mi pulgar.

Conté las marcas. Veintinueve. Una sensación extraña me instó a ponerme de pie, a dirigirme hacia allí y a agarrar la piedra. Añadí otra marca en diagonal sobre las últimas cuatro.

Treinta.

Treinta días que yo supiera. Como mínimo llevaba aquí todo ese tiempo. Era consciente de que tenía que escapar, porque esto no era como cuando Caden, bajo el hechizo de la reina, secuestró a Ivy para conseguir abrir los portales del Otro Mundo. Ella había recibido ayuda desde dentro y la gente la había estado buscando, gente a la que le importaba tanto como para arriesgar su vida. La encontraron la misma noche en la que la ayudaron a escapar. ¿Cuánto tiempo había estado retenida? ¿Tres semanas? Fue bastante, pero al final habían dado con ella.

Un recuerdo emergió de pronto; la alucinación de Caden liberándome. No había sido real.

El vacío en mi pecho se expandió y amenazó con asfixiarme. La amarga desesperanza crecía como una sombra pesada y opresora.

Dejé caer la piedra y resbalé hasta estar de rodillas, aovillada.

—Les importo —susurré para mí.

Sabía que a Ivy sí. Y a Tink. Y a la pareja de Ivy. Tal vez a Caden también. Le gustaba, solo que no lo bastante. Pero también sabía cómo funcionaba la Orden y era consciente de que, si Caden, el rey de la corte de verano, realmente me estuviera buscando, ya me habría encontrado. El... ¿novio? ¿marido? de Ivy había estado a punto de arrasar con la ciudad durante su búsqueda.

Y yo seguía aquí.

Porque nadie iba a venir a buscarme.

CAPÍTULO 11

—Estoy impresionado. De verdad. —Aric sostenía la daga y la giraba de manera que las llamas se reflejaran en la hoja manchada de sangre—. Sigues viva.

Una parte de mí tampoco se lo creía. ¿Cuánto tiempo había pasado aquí? Me costaba recordar cuántos trazos había marcado en la piedra. ¿Cuarenta? ¿Cuarenta y cinco, tal vez? Había algo en ese lapso que me parecía importante. Algo que debería haber pasado.

—Confieso que me fascina que sigas aquí. Llegaste como un pajarillo al que deseaba arrancarle las alas, pero te has convertido en mi mascota. —Aric bajó la cabeza y sus labios rozaron la curva de mi mejilla. Qué asco—. Mi mascota más querida y preciada. ¿Cómo te sientes al oír eso?

—Como... como si mi vida ahora tuviera sentido —respondí con voz ronca.

—Detecto un deje de ironía en tu voz. —Sentí su aliento en los labios, así que giré la cara. Últimamente, parecía estar... gustándole mucho esto, tanto que temía que estuviese empezando a cambiar de opinión con respecto a eso de que las mortales no le resultaban atractivas—. Eso espero. Me complace saber que aún te queda mucha guerra por dar.

Cerré los ojos y rebusqué recuerdos en los que perderme. Estaba el de aquella vez que mi madre me llevó al golfo de México. Fui de adolescente y me había encantado, pero era incapaz de recordar la sensación de la arena entre los dedos de los pies. Me concentré tanto como pude en la imagen del mar, pero en cuanto comenzó a formarse en mi mente, desapareció tan rápido como el humo.

Me costaba muchísimo recordar los detalles de... de todo.

—Para ser una mortal eres muy fuerte. —Se me contrajeron los músculos cuando sentí la fría presión del filo de la daga contra la piel del interior del muslo—. Es verdaderamente increíble.

Mantuve los ojos cerrados mientras el corazón me martilleaba en el pecho y aguardaba a que el dolor punzante y agudo llegara. En algún momento se quedaría sin piel que cortar, y entonces, ¿qué? ¿Empezaría a marcarme la cara? Quizá. Ya me había cubierto el vientre de laceraciones diminutas y ahora esas cicatrices se entremezclaban con las otras del ataque, aquellas marcas de dientes y surcos que Caden había... venerado con sus labios.

Cuarenta y cinco días.

Días que incluían alimentarse o bañarme en agua fría. Días en los que no recordaba exactamente qué sucedía, momentos que me hacían pensar que tal vez era mejor no recordar.

—Nadie ha durado tanto como tú. —Pasó la hoja por mi piel rápidamente.

Un grito ronco abandonó mi garganta a la vez que me sacudía contra las ataduras en un intento por alejarme de la daga —del dolor—, aunque sabía que era inútil.

Sus ojos pálidos refulgieron.

—Hombres que te doblaban el tamaño murieron en cuestión de semanas y perdieron la cabeza en tan solo unos días, y aun así tú y yo llevamos varias semanas juntos. Ha pasado más de un mes y todavía sigues aquí.

Ladeé la cabeza y miré la otra losa, la que tenía la mancha en el centro. ¿Hombres el doble de grandes que yo habían muerto ahí? ¿Miembros de la Orden? ¿Humanos indefensos? ¿Otros faes? Aric era un psicópata, así que suponía que le daba igual a quién torturaba.

Cuarenta y cinco días y a mí me tendría que haber... me tendría que haber bajado la regla. Fruncí el ceño. No lo había hecho. Al menos que yo recordara, claro. No obstante, Aric era de los que no dudaría en comentar si había más sangre de lo normal. Así de imbécil era.

Probablemente se debiese al estrés de la tortura y a la desnutrición. Aric parecía seguir *olvidándose* de alimentarme con regularidad y no tenía ni idea de cuánto peso había perdido, pero tenía el vientre hundido en vez de redondeado y sabía que se me estaban empezando a marcar las costillas —incluso de pie—, al igual que las caderas. Podía sentir...

Me agarró de la barbilla y me obligó a mirarlo a los ojos.

—Lo que estoy tratando de decirte, si me prestases atención, es que empiezo a pensar que eres... diferente.

Lo fulminé con la mirada.

Aric se inclinó de manera que nuestras caras quedasen a meros centímetros de distancia.

—No deberías seguir viva y eso me pica mucho la curiosidad. Ahora que lo pienso, ya me sorprendí al descubrir que sobreviviste a nuestro primer encuentro. Tendrías que haber muerto entonces.

Sí. Debería haber muerto.

Permaneció observándome durante un momento más y luego se apartó. Lo seguí con la mirada y se me aceleró el corazón cuando lo vi bajar la cabeza otra vez, esta vez justo donde me había abierto el corte. Traté de alejarme, pero no tenía a dónde ir. Me subió la bilis por la garganta cuando sentí su lengua sobre mi piel.

Levantó la cabeza y sonrió con suficiencia.

—Sabes a mortal.

Abrí las manos y las cerré. «Voy a matarte. Voy a arrancarte la lengua y a matarte».

—Pero dudo que seas una humana normal y corriente. —Volvió a pegar su rostro al mío y ladeó la cabeza—. Cuéntame qué es lo que no sé.

—Eres un maldito psicópata —respondí.

Aric se rio entre dientes.

—He dicho lo que *no* sé.

Estupendo.

Levantó la daga y la colocó contra mi mejilla, justo debajo del ojo. La punta estaba húmeda cuando la desplazó hacia abajo y me manchó con la sangre de los cortes que me había abierto en el muslo.

—Dímelo, mascota. Dime cómo sigues viva. Cómo pudiste sobrevivir.

—No... lo sé —dije, aunque no era del todo cierto. Sabía cómo había logrado sobrevivir a nuestro primer cara a cara.

—Mmm. —Deslizó la hoja por mi barbilla y después por el cuello—. No te creo.

Permanecí inmóvil.

—Y no me gusta que me mientan. Creía que ya habíamos pasado esa fase —exclamó—. Que no había secretos entre tú y yo.

—Estás loco —jadeé.

—Me considero muchas cosas, mascota, pero loco no es una de ellas. —Se le dilataron las pupilas. Contuve la respiración y empecé a cerrar los ojos—. No —me ordenó, y yo no tuve más remedio que obedecerle—. Dime cómo sobreviviste.

Moví los labios y la lengua para formar las palabras.

—Caden me salvó.

Aric levantó la cabeza y frunció el ceño.

—¿Cómo te salvó?

—No lo sé.

—Tienes que saberlo. —Me acunó la mejilla y acarició los rastros de sangre con el pulgar—. Piensa. ¿Qué hizo cuando te salvó la vida?

Hice lo que me pidió y pensé en el momento en que Caden me salvó. Fue como nadar a través de agua embarrada hasta dar con la imagen difusa de una habitación de hospital, el bip de una máquina y...

—Sentí el sol. Saboreé... la luz del sol.

—¿Que saboreaste la luz del sol? —Aric se quedó inmóvil durante varios instantes y luego se irguió de golpe. Se tambaleó hacia atrás y dejó caer la daga al suelo, que repiqueteó—. Te dio *el beso*. —Abrió mucho los ojos—. Te dio *el beso de verano*.

* * *

Agarré la piedra y añadí otra marca.

Cuarenta y siete.

Hoy era el día número cuarenta y siete y había notado cambios. Aric no había venido a verme. Ni ayer ni hoy. Lo sabía porque mi mente estaba más lúcida, aunque sentía más hambre que nunca.

Sabía que debía recordar algo importante, algo que Aric me había dicho, y eso fue en lo que me centré mientras movía la piedra para hacer la marca.

Me había dicho algo sobre los faes de verano. Algo... inesperado.

Desvié la mirada de la losa al suelo al tiempo que mi mente divagaba y pensaba en bufés libres, pasteles y comida caliente...

Solté la piedra y me moví hacia delante. Entrecerré los ojos y me fijé en el suelo bajo la losa. Ahí había algo. ¿Qué era? Me coloqué de rodillas y estiré el brazo hasta que mis dedos rozaron algo de metal.

La daga.

—Dios —susurré y envolví los dedos en torno a la empuñadura. ¿Cómo había llegado allí?

En parte ni siquiera me importaba, porque esta... esta era mi oportunidad. La forma de cobrarme mi venganza. Lo era todo, mejor que un filete jugoso y una montaña de puré de patatas.

Mi estómago gruñó a modo de protesta.

Vale. *Casi* mejor que un filete jugoso y una montaña de puré de patatas.

Se me llenaron los ojos de lágrimas a la vez que contemplaba la daga. Aric era un antiguo. Aún recordaba cómo matarlos. Un disparo en la cabeza o cortándole el tallo cerebral y adiós fae.

Retrocedí y acerqué la daga a una de las antorchas. La hoja estaba manchada de rojo, de mi sangre. Bajé la mirada hacia los cortes que cubrían mis piernas y brazos. Esta era el arma de Aric, la herramienta que usaba para hacerme daño. Se le había... *caído* la última vez que estuvo aquí.

Qué descuidado había sido, pero algo... algo lo había sorprendido. Agarré la daga con más fuerza mientras trataba de recordar lo que había pasado. Aunque me sentía menos confusa de lo normal, seguía teniendo muchas lagunas. Él me había preguntado cómo había sobrevivido...

El ruido de pisadas fuera de la cámara me puso en tensión. Necesitaba la daga, así que sabía que debía esconderla y rezar por que no se hubiera dado cuenta de que se la había dejado aquí. Volví a esconder el arma bajo la tumba hasta que las sombras la ocultaran y entonces respiré hondo para ponerme de pie. Sabía que me marearía, pero tenía que hacerlo para que se fijase en mí y no en la daga que había escondido.

Me impulsé hacia arriba lentamente y me tambaleé como un junco azotado por el viento. Se me había acelerado el corazón debido al esfuerzo, pero también por lo que había encontrado.

La puerta se abrió y Aric entró. La anticipación y el miedo colisionaron como un trueno en mi interior. Traía comida y yo me moría de hambre, pero para comer siempre tenía que pagar un precio. Y no venía solo. La misma fae seria de las otras veces lo acompañaba. Se me cayó el alma a los pies.

Hora de bañarse.

Creía —no, *sabía*— que me hechizaba siempre que ocurría. A veces lo recordaba. Otras no. Pero sabía que después siempre se alimentaba, y después... después no recordaba nada.

Ay, Dios, ¿y si olvidaba la daga? El miedo se transformó en terror. No podía olvidarme del arma. No podía...

—¿Me has echado de menos? —Aric avanzó con una bandeja en las manos—. Yo a ti sí.

Retrocedí. La mujer permaneció junto a la puerta, como siempre, pero esta vez traía algo más aparte de lo habitual: otra bolsa alargada y negra que le colgaba del brazo.

—Aunque no quieras admitirlo, sé que te has estado preguntando dónde estaba y qué he estado haciendo. —Dejó el plato sobre la losa. El olor a carne viajó hasta mí—. He estado muy ocupado, mascota mía.

«Mascota mía».

Dios, qué ganas tenía de arrancarle la cabeza. Tuve que hacer acopio de todas mis fuerzas para no agarrar la daga y hacer justo eso.

Se inclinó hacia mí y recogió la cadena antes de tirar de ella para acercarme a él. En cuanto estuve lo bastante cerca, me rodeó la cintura con un brazo y me estrechó contra su costado como si fuésemos amantes.

Qué ganas de vomitar.

—Estoy deseando contarte todo. Te interesará saber lo que he descubierto —prosiguió—. Pero, primero, te he traído un regalo.

¿Un regalo? Mi mirada hambrienta recayó en la bandeja de plata.

—Ese no —musitó, deslizando los dedos por encima de los múltiples cortes en mis brazos. Me encogí de dolor y él entrecerró los ojos—. Al menos ese no es el que más ilusión me hace. —Chasqueó los dedos hacia la mujer—. Muéstrale lo que le he traído.

La vi levantar la bolsa negra con el pulso a mil por hora. El ruido de la cremallera resonó por toda la cripta y entonces me di cuenta de que era una funda. Las solapas se abrieron cuando dio un paso al frente y revelaron lo que había en su interior.

Era un vestido. Uno fabricado con alguna especie de material plateado que llegaba hasta el suelo. Mientras la fae lo sacaba de la funda, vi que no tenía mangas y que era casi translúcido. Brillaba como la luna incluso bajo la tenue luz de la cámara y era absolutamente precioso.

Se me revolvió el estómago.

—¿Esperas que me ponga eso?

—Vaya, no se le ha comido la lengua el gato. —Aric se rio entre dientes y me dio un apretón como si fuese alguna especie de broma privada entre amigos—. Sí, espero que te lo pongas y que me lo agradezcas.

Me lo quedé mirando boquiabierta. No lo diría en serio, ¿verdad?

Aric indicó a la mujer que se acercase y ella obedeció. Dejó el vestido sobre la losa, aunque apoyado sobre la funda para que no se manchase con mi sangre.

—Este vestido es muy especial. —Aric me liberó y yo solté el aire de los pulmones con alivio. Estiró el brazo hacia el material delicado y delineó el escote pronunciado con un dedo—. No es de este mundo, sino un símbolo del mío. Iba a ser un vestido de boda. *Mathing* —dijo en fae. Supuse que era su término para «boda» o «emparejamiento»—. No serás la primera en llevarlo, pero sí la última.

Retrocedí y me abracé la cintura al tiempo que seguía el movimiento de su dedo sobre el vestido con la mirada. El material pareció responder a su contacto, oscureciéndose de un color gris pizarra.

—¿Sabes quién se lo puso antes que tú? —preguntó.

Se me secó la garganta. Las sospechas amenazaban con ahogarme.

Aric me miró por encima del hombro.

—Respóndeme, mascota, o te obligaré.

Aunque nada me gustaría más que desobedecerle, no podía arriesgarme a que me hechizara o a que se alimentara de mí. No cuando necesitaba acordarme de la daga. Tragué saliva y levanté la barbilla.

—¿Quién...? —Carraspeé—. ¿Quién se lo puso antes que yo?

—Gracias por preguntar. —Se volvió a centrar en el vestido mientras la fae regresaba en silencio a su puesto en la puerta—. Siobhan lo llevó el día de su boda.

Ay, Dios.

Cerré los ojos.

—Bueno, al menos durante el trayecto. La intercepté antes de que llegase —añadió. Cuando reabrí los ojos, Aric estaba mirando fijamente el vestido—. Caden nunca la vio con él puesto, pero sabrá que fue suyo en cuanto te vea con él.

Pegué un salto.

Ladeó la cabeza y me miró con sus ojos pálidos.

—Tiene gracia que la historia vaya a repetirse.

—No... te entiendo.

—¿No? —Se giró hacia mí y yo me tensé—. No te acuerdas de lo que me dijiste la última vez que estuve aquí, ¿verdad? —Una sonrisa engreída curvó sus labios perfectos—. Eres fuerte y has aguantado más que cualquier mortal. Todos esos fantásticos momentos en los que te quité tu esencia te han afectado, pero deberían haberte frito el cerebro. Eso si fueses completamente mortal, claro.

Una parte de mí se preguntó si realmente tenía el cerebro frito, porque sabía que no podía haberlo oído bien.

—Soy mortal.

—Lo eras —respondió—. Eso cambió cuando Caden te dio el beso de verano.

¿El beso de verano?

—Yo...

—¿No tienes ni idea de lo que estoy hablando? ¿No recuerdas nuestra conversación sobre cómo te salvó la vida tras nuestro primer encuentro? Estaba seguro de que os había matado a ti y a tu madre —explicó, y un escalofrío me recorrió de pies a cabeza—. Pegó sus labios a los tuyos y, en vez de tomar tu esencia, él te dio la suya. Ese es el beso de verano. Solo un antiguo puede entregar un regalo tan valioso.

—¿Qué... clase de regalo? —pregunté, sin saber si podía devolverlo o intercambiarlo.

Aric esbozó una sonrisa torcida.

—De los que te vuelven más difícil de matar y te alargan la vida. —Dio un paso hacia mí—. Te habrías dado cuenta con el paso de los años, cuando te vieras con el mismo aspecto de la noche en que os ataqué. Entonces empezarías a pensar que algo no va bien y la Orden también, y ellos directamente te matarían o te estudiarían para averiguar por qué no envejeces. Tú, mascota mía, ya no eres una simple mortal. O semihumana. Eres otra cosa.

Abrí la boca, pero no me salieron las palabras. No podía estar diciendo lo que creía que estaba diciendo.

—Es muy raro que un fae le confiera el beso a otro. Es una costumbre antigua llevada a cabo solo en las circunstancias más extremas y funestas, pero que se lo den a un mortal es inaudito —prosiguió con los ojos brillantes—. Es una gran ofensa, una castigada con la muerte. Si estuviésemos en mi mundo, te llevarían a la corte y te asesinarían frente a Caden; él ya ha sido testigo de las pocas veces que un fae le ha dado el beso a un mortal. El hecho de habértelo dado solo puede significar una cosa.

A través de la neblina de mi mente, recordé el pobre razonamiento de Caden ante sus actos. Creía...

—Hice algo por él —dije—. Creo que... lo ayudé de alguna forma. Por eso.

Aric se acercó, colocó un dedo bajo mi barbilla y me inclinó la cabeza hacia atrás.

—Ese no es el motivo por el que lo hizo, mascota mía. Te dio el beso porque eres lo que he estado buscando: su *mortuus*.

CAPÍTULO 12

Me aparté de Aric y retrocedí. Incluso de no haber pasado los últimos cuarenta y siete días torturada, pasando hambre y dejando que se alimentase de mí, me habría costado procesar la noticia de que no era cien por cien humana y mi esperanza de vida no era la de una persona normal.

Aunque también podía ser que Aric me estuviera mintiendo para confundirme; otro método de tortura más que usar conmigo.

—A juzgar por tu expresión de incredulidad veo que no tienes ni idea de lo que es un *mortuus* ni de cómo eso me da ventaja para lo que necesito —dijo. Y sí, de forma tan ofensiva como sonaba—. No me sorprende. Has olvidado mis planes y dudo que Caden compartiese contigo el significado de una *mortuus*.

Por fin me empezó a funcionar el cerebro.

—No entiendo cómo puedo ser su *mortuus*. No...

—No sabes nada, mascota, pero precisamente tu ignorancia es lo que te hace valiosa. —Aric se volvió hacia la losa con un ademán ostentoso—. Ven, debes comer y asearte.

No me moví.

—Quiero que me digas por qué crees que soy su... —Pero antes de poder acabar la frase, grité.

Aric se había movido con tanta rapidez que no pude ni seguirlo con la mirada. Se detuvo delante de mí y me agarró de la nuca con fuerza.

—Me da igual lo que quieras saber y me da igual si estás confundida o si no me crees. —Apretó y me obligó a echar la cabeza hacia atrás a la vez que hundía los dedos en mi pelo. Me empezó a doler el cuero cabelludo, aunque aquello no era nada comparado con lo que había soportado—. Lo que yo quiero es que no me causes problemas, ¿entendido?

La ira me recorrió de pies a cabeza y cualquier plan o intención de mantenerlo contento desapareció. Me lo quedé mirando con la mandíbula apretada, sin decir nada.

—No me hagas repetírtelo porque no te gustarán las consecuencias. Sé que crees saber de lo que soy capaz, pero no tienes ni idea. —Su piel de porcelana pareció aclararse—. Te necesito viva, pero hay cosas mucho peores que una muerte lenta.

No lo dudaba, y el sentido común me instaba a responderle. Solo era una palabra. «Sí». Tenía una daga y para usarla necesitaba quedarme a solas con él. Pelear únicamente empeoraría las cosas.

Solo era una palabra, pero decirla implicaba cederle el control y despojarme de mi voluntad sin necesidad de hechizarme. Implicaba sumisión y humillación; pequeños gestos uno tras otro que acumularan la vergüenza y el miedo hasta el punto de resultar completamente insoportables. Hasta conseguir romperme y desquiciarme y que lo que quedase de mí solo le perteneciese a él.

Solo era una palabra, pero no pensaba ceder todavía.

Alcé la barbilla, lo miré a los ojos y permanecí callada.

Curvó una comisura de la boca.

—Podría llegar a respetarte, ¿sabes?

El puñetazo en el estómago llegó antes de responderle e hizo que me doblase hacia delante. Intenté respirar, pero sentía como si el pecho se me hubiese congelado de repente. Jadeando, traté de levantar los brazos tal y como me enseñaron durante los años de entrenamiento, pero Aric era demasiado rápido y yo estaba demasiado cansada, hambrienta y débil. El siguiente golpe me derribó y después... solo quedó el dolor.

No sé cuánto duró ni la cantidad de golpes que me propinó. Llegados a un punto, juraría haberme desmayado, porque cuando abrí los ojos —más bien abrí uno—, en vez de puños vi su rostro borroso.

Estaba mirándose la mano.

—Me he ensuciado los nudillos con tu sangre.

Solté una risa ronca. Me sonó enloquecida, aunque también notaba una vibración extraña en los oídos, así que vete tú a saber.

Aric ladeó la cabeza.

—Me alegro de que te haga gracia. Seguro que no te ríes tanto cuando intentes comer con los labios partidos.

¿Comer? Estuve a punto de soltar otra carcajada, porque la paliza me había quitado el hambre. Creía que ni siquiera podría usar la mandíbula. La moví un poquito y me encogí del insoportable dolor que me atravesó. No sabía cómo, pero los huesos parecían intactos.

«Ya no eres una simple mortal».

¿Había dicho la verdad? ¿Por eso seguía viva y sin un montón de huesos rotos? Esa pregunta era importante.

Aric me agarró del brazo y me puso de pie. Me dolían las costillas.

—Come y báñate. No tengo todo el día.

Me empujó hacia la losa y tropecé. Me agarré al borde, cerca de donde la daga estaba escondida entre las sombras.

Me centré en lo que tenía pensado hacer con ella mientras, mareada, alzaba la cabeza. Aric se dirigió hacia la bandeja y levantó la tapa que ocultaba la comida. Era una especie de guiso de ternera, como la otra vez.

—Se ha enfriado —repuso—. Si no hubieses tardado tanto, habría sido un plato fantástico. Come.

Me acerqué despacio a la comida y estiré el brazo...

El manotazo casi provocó que me fuese de bruces al suelo. Retiré la mano y me entraron náuseas al mirar la comida.

Aric suspiró.

—No aprendes, ¿eh? Incluso habiendo recibido el beso de verano eres igual de estúpida que los demás mortales. Come —espetó—. Deprisa.

No me moví hasta que se alejó hacia la puerta. Había olvidado que la mujer seguía en la estancia. En cuanto hubo una distancia prudencial entre ambos, estiré el brazo hacia la comida con vacilación, a sabiendas de que Aric era muy rápido. Cuando vi que no se movió, se me destensaron los hombros un poco. No había cubiertos, así que tuve que usar las manos. Aunque me dolía y ya no tenía hambre, comí porque sabía que necesitaba recuperar fuerzas.

Decapitarlo no iba a ser tarea fácil.

Antes de terminar, trajeron la bañera de cobre y la llenaron de agua. Añadí a esos dos faes a mi lista de gente a la que matar. La mujer ya formaba parte de ella. Se llevaron la bandeja y supe lo que pasaría a continuación. Aric me hechizaría para evitar que replicara y se alimentaría de mí. Por culpa de ambas cosas, corría el riesgo de olvidar la existencia de la daga. Sabía que no podía hacer nada para evitar que se alimentase de mí, pero sí para que me hechizara. Si todo iba como siempre, regresaría solo. Y entonces...

Entonces lo mataría.

Pero el vestido...

Lo miré. El vestido podría significar un cambio de rutina. Tal vez no se alimentaría o vendría solo.

No podía arriesgarme a perder la cordura.

Así que seguí sus órdenes en cuanto la mujer se acercó a mí con aquella maldita bolsa. Me centré en la bañera y no me permití darle vueltas a lo que estaba haciendo. Levanté las manos para bajarme los tirantes finos del vestido por los brazos.

Aric emitió un ruidito para mostrar que estaba prestando atención.

—Tienes ganas de desnudarte, ¿eh?

El comentario no merecía una respuesta.

No era la primera vez que me veía desnuda y, llegados a este punto, ¿qué más había que ver aparte de un montón de cicatrices y piel? Eso fue lo que me repetí al meterme en la bañera. El agua no estaba fría, sino a temperatura ambiente, una mejora importante.

Me hundí deprisa en busca de la escasa privacidad que proveían las paredes de la bañera. Bañarme con el grillete puesto no era tan fácil que dijéramos. La mujer se puso manos a la obra. Con la gentileza de un jabalí me frotó hasta dejarme la piel en carne viva. Me descubrí mirando fijamente el vestido, extendido sobre la losa.

Aric se había acercado.

—No te he dicho por qué llevarás un vestido tan bonito, ¿verdad?

La mujer tiró de mi cabeza hacia atrás y me lavó el pelo con jabón de lavanda.

—Lo descubrirás dentro de poco. Tengo la sensación de que te gustará.

Lo dudaba.

Sentí una especie de *déjà vu*. El antiguo permaneció en silencio y mi mente divagó entre recuerdos borrosos mientras la mujer terminaba de lavarme. Aric ya me había dicho algo una vez que había estado bañándome. En aquella ocasión había estado hechizada, pero plenamente consciente de lo que estaba ocurriendo. Recordaba a Aric arrodillado frente a la bañera y con la camisa mojada por el agua. Me había dicho algo. Algo sobre el *mortuus* y...

Me hundieron la cabeza en el agua sin preaviso y cuando la saqué escupí y me agarré al borde de la bañera.

Me dispersé. No quedó nada importante en mi cabeza mientras me sacaban de la bañera y me secaban bruscamente.

Me colocaron el vestido por la cabeza. Cuando el escote se me empezó a abrir, me apresuré a cerrarlo. En la espalda tenía cordones sin atar. El tejido del vestido parecía caro y caía sobre mis pies como una cortina. Aunque apenas había luz, sabía que la tela dejaba entrever lo que había debajo, y supuse que con más iluminación o bajo el sol, apenas dejaría nada a la imaginación.

¿Siobhan se había puesto esto para su boda? ¿Delante de la gente?

—El vestido te sienta bien, mascota. —Aric le hizo un gesto con la barbilla a la mujer—. Ya está.

El corazón me dio un vuelco cuando la fae agarró la bolsa y se marchó antes de cerrar la puerta tras de sí. Sabía lo que solía ocurrir después.

Retrocedí mientras seguía cerrándome la parte frontal del vestido.

Aric se acercó sin quitarme el ojo de encima.

—Casi podrían confundirte con ella por tu pelo. —Se colocó detrás de mí y levantó la cadena—. Sujeta esto.

Reprimí el desconcierto, pasé a cerrarme el escote con una sola mano y agarré la cadena con la otra. Estuviese delante o detrás de mí, Aric me incomodaba.

—Era preciosa. —Me acarició la espalda antes de agarrar los cordones, por lo que volví a sentir un hormigueo asqueroso—. Estaba deslumbrante con aquel vestido plateado... y sin él. —Se quedó callado durante un instante en el que empezó a atar los cordones—. Siempre estaba guapa, incluso cuando lloraba. Suelta el vestido.

Me obligué a obedecerle. La tela cayó sobre mi pecho y formó una V que descendía hasta el ombligo.

—Ella solo tenía ojos para Caden, aunque él se acostara con todo lo que se moviese —prosiguió Aric—. No la merecía.

Ladeé la cabeza e ignoré el dolor en la cara. Esa forma de referirse a ella... Entonces lo comprendí.

—La amabas.

La cinturilla se ciñó sobre mis costillas magulladas, por lo que jadeé y él soltó una carcajada.

—¿Amar? ¿Que si la amaba? —Resopló—. Si algo así llegara a oídos de mi reina, me haría pedazos.

Ojalá.

—Pero ¿la amabas?

Aric permaneció en silencio mientras terminaba de atar los cordones que quedaban sueltos. En cuanto lo hizo, me sorprendí al ver que el vestido me quedaba bien. Antes de que me hubiese raptado, no habría sido así. En comparación con el vestido áspero que llevaba antes, esta tela suave no me irritaba los cortes, cosa que agradecía.

Aric posó las manos en mis caderas y me dio la vuelta.

—Estaba obsesionado con ella —respondió observándome fijamente—. Apenas veo la diferencia entre el amor y la obsesión.

Pues yo la veía perfectamente.

—La deseaba, así que me la llevé. —Deslizó las manos por mis costados—. Al igual que hice contigo.

Sentí náuseas.

—Yo no soy ella.

—No, no lo eres. —Subió las manos por mis brazos hasta posarlas en torno a mi cuello—. Y a la vez sí.

—Soy...

—Eres su *mortuus* y vendrá a por ti —dijo Aric apretando la mandíbula y agachando la cabeza—. Hará cualquier cosa por salvarte.

El pánico me embargó. Iba a alimentarse.

—No va a venir a rescatarme. —Nadie iba a venir. A estas alturas, era más que evidente—. Te equivocas.

—Nunca me equivoco.

Traté de liberarme, pero fue inútil. Me quedé helada cuando acercó su boca a la mía. No me había besado hasta ahora, al menos que yo recordase, pero esta vez fue distinto. No fue normal. Fue un beso brusco, agresivo. Traté de girar la cara, pero ladeó la cabeza, abrió la boca e inhaló.

Mi mundo explotó.

* * *

No me encontraba bien.

Estaba sentada en la losa con los brazos envolviéndome el estómago. Me estremecí mientras miraba el suelo fijamente. Había despertado hacía poco sin saber cuánto tiempo había transcurrido, pero sabía que esta vez me costaría recordar un poco más que la anterior.

Recordar quién era, qué hacía aquí, por qué tenía el cuerpo lleno de moratones y cortes y por qué no podía abrir un ojo del todo. No me... encontraba bien. Me dolía todo, como cuando se tiene la gripe, y notaba el estómago revuelto, como un ventilador de techo que apenas se movía con normalidad.

No lograba recordar por qué llevaba puesto este vestido plateado. Diría que se debía a algo importante.

Necesitaba recordar algo y ya sabía lo que tenía que hacer.

Me levanté, me puse de cuclillas y busqué la piedrecita. Paseé la mirada sobre las marcas en la piedra y conté. Cuarenta y cinco.

Noté la piel pegajosa al ir a trazar la siguiente, la cuarenta y seis. Apoyé la frente contra la losa fría con un nudo en el estómago. Dejé caer la piedra. Me centré en inspirar despacio y de manera regular y ladeé la cara...

Entonces la vi.

Los recuerdos me asaltaron de golpe. La daga. Iba a matar a Aric con ella cuando volviese...

Me aparté y me levanté con el estómago revuelto. Me di la vuelta y me acerqué deprisa a una de las paredes, donde se me contrajo el estómago y me entraron arcadas. Caí de rodillas, me aferré a las enredaderas y vomité lo que había comido. Me dolieron las costillas y el estómago a causa del esfuerzo.

Cuando creí haber terminado, me senté y me pasé el dorso de la mano por la boca. Me entraron ganas de vomitar otra vez por culpa del sabor de la bilis, pero unos instantes después las náuseas cesaron y pude volver a levantarme.

«La daga».

Tenía que buscar la daga.

Me tambaleé hacia la losa, me arrodillé y palpé el suelo de debajo. El sabor amargo de mi boca se incrementó al ver la sangre seca en la hoja.

Mi sangre.

Necesitaba un plan.

Me volví hacia la puerta cerrada y respiré hondo mientras trataba de ordenar mis pensamientos. Tenía que sorprenderlo y atacarlo de forma rápida y perfecta. El pulso se me descontroló cuando bajé la mirada hacia la daga. Solo tenía una oportunidad. Una. ¿Y si fracasaba?

Me mataría.

«Te necesito viva».

Recordé las palabras de Aric. Era importante para él. Por algo relacionado con este vestido y con... Caden. Aric me iba a usar para algo, pero no recordaba el qué.

No tenía ni idea de qué creía Aric que significaba para Caden ni de cómo pretendía usarme. El rey no querría que me pasara nada malo, pero no le importaba lo suficiente como para venir a rescatarme ni para ceder a ningún chantaje.

Daba igual. Aric podría venir en cualquier momento, así que tenía que estar lista. Tenía que matarlo. ¿Y después? Arrastré la cadena por encima del hombro para subirme a la losa y me tumbé de costado antes de ocultar la daga entre los pliegues del vestido. Cuando descubrí la daga no lo pensé, pero después de matar a Aric no habría nada más. Apoyé la mejilla caliente sobre la piedra con los ojos clavados en la puerta.

Me había prometido una y otra vez matar a Aric y no morir en esta cripta, pero no iba a cumplir una de esas dos promesas.

Aunque matara a Aric, no saldría viva de aquí. Moriría por inanición o a manos de otros faes cuando se dieran cuenta de lo que había hecho. La única posibilidad que me quedaba era que Aric me sacase a hacer mis necesidades, pero había dejado de hacerlo hacía mucho. En su lugar me traía un orinal. No veía probable que me soltase y esperar más era demasiado arriesgado.

En parte deseaba que hiciese lo primero porque quedarme más tiempo del que ya llevaba aquí se me antojaba insoportable.

Pero mataría a Aric. No podía permitirme pensar en otra cosa.

No aflojé el agarre de la daga en ningún momento mientras aguardaba pacientemente. Y entonces llegó el momento. Escuché las pisadas. Permanecí inmóvil aunque mi corazón martilleaba como si estuviese a punto de salirse de mi pecho.

La puerta se abrió y por el ojo bueno atisbé un par de piernas antes de oír que se cerraba la puerta.

No oí nada más durante los siguientes segundos. Era consciente de dónde se encontraba Aric en todo momento. ¿Por qué no decía nada? ¿Por qué no se acercaba? Me empecé a emparanoiar. ¿Sabía lo que tenía planeado? Imposible. No a menos que se hubiese dado cuenta de que había perdido la daga.

Entonces se movió.

Cruzó la estancia y se detuvo a mi lado. El pulso se me aceleró todavía más.

—¿Por qué estás tan quieta, mascota? —preguntó al tiempo que me acariciaba la mejilla con sus dedos helados.

Recordé la sensación de esos mismos dedos en otro lado.

—¿No te encuentras bien?

Sabía que, si no le respondía, empezaría a sospechar.

—No me encuentro bien, no —contesté.

Y era cierto.

—Mmm. —Me apartó algunos mechones de pelo de la mejilla y me los colocó detrás de la oreja como lo habría hecho un novio con su pareja—. Es una pena.

«No te muevas todavía», me ordené a mí misma.

—Tal vez te haya drenado demasiado —repuso. Volvió a posar los dedos en mi cara para delinear mi mandíbula. Hice acopio de todo mi autocontrol para permanecer inmóvil—. Todo esto te ha pasado factura, ¿verdad?

Casi parecía preocupado de verdad. Con ese tono y esas palabras... Pero lo conocía. Aric no era amable por naturaleza.

Me hice un ovillo. Me encogí para colocar la daga hacia arriba, aún escondida.

—No voy a hacerte daño —dijo. Agachó la cabeza y acercó los dedos al grillete en torno a mi cuello—. Por lo menos, de momento.

«Todavía no».

—Ya veremos después.

«Todavía no».

—Supongo que depende de cómo te portes. —Ladeó la cabeza y sentí sus labios fríos contra mi mejilla. Abrí el ojo—. O de cuánto tardes en recuperarte.

«Todavía no».

—Confieso que no tengo mucha paciencia para los enfermos o para aquellos que...

Pegué un salto, moví la mano con la daga y se la clavé en un lado de la garganta. Un líquido cálido me manchó la cara y los dedos, señal de que había dado en el blanco.

Aric rugió y retrocedió, pero yo lo seguí. Giró el cuello y se liberó de la daga; no obstante, yo me aferré a él y ejercí presión con las rodillas en sus caderas cuando él se tambaleó hacia atrás.

—¡Maldita zorra! —exclamó, y me escupió una mezcla de saliva y sangre en la cara.

Me asestó un puñetazo en la sien y yo volví a mover la daga. No se la clavé en el cuello, pero sí que le acerté en la mejilla. Gritó y se desplomó a la par que yo extraía la daga. Cayó de espaldas al suelo y yo, de rodillas. Coloqué la otra mano en su frente para obligarlo a echar la cabeza hacia atrás y para mantenerlo inmóvil...

Se liberó de mi agarre. Me mordió el antebrazo y yo grité. Mi cuerpo se sacudió mientras invertía las posiciones. Apartó la boca antes de escupirme y me sujetó del cuello clavándome los dedos en la tráquea. Sentí que el aire a nuestro alrededor cambiaba y supe que estaba a punto de usar sus habilidades sobrenaturales, esas contra las que yo no podría hacer nada.

—Te voy a despedazar —prometió con la cara manchada de sangre—. Voy a penetrarte y a hacerte pedazos...

Volví a atacarlo y esta vez clavé la daga en la otra parte de su cuello. No aflojé el agarre, sino que hice acopio de todas mis fuerzas y deslicé la daga de una parte de la garganta a la otra.

Aric abrió mucho los ojos mientras se apartaba de mí y trataba de agarrarse el cuello. La sangre roja y azulada empezó a resbalar por sus manos y a empapar su camisa blanca. Intentó ponerse de pie, aunque solo logró levantar una rodilla.

—No he terminado contigo —gruñí poniéndome de pie. El mundo se tambaleó, pero hice caso omiso y me acerqué a él cojeando.

Él abrió la boca, pero lo único que salió fue un borboteo de sangre.

—Ya era hora... —lo agarré de la coronilla y le eché la cabeza hacia atrás— de que te callaras.

Él trató de sujetarme el brazo, pero lo esquivé y le clavé la daga para darle el golpe de gracia. El crujir de los huesos y el ruido de la carne y los músculos al romperse me revolvió el estómago. Sacudí el brazo y le rajé el cuello de lado a lado al muy asqueroso.

Nos miramos. El brillo de sus ojos claros titiló.

—Espero que puedas oírme. —Sentía la lengua pesada y la voz pastosa—. Jamás me doblegué ante ti.

Sus iris azul claro destellaron y se le contrajeron las pupilas.

Sacudí el brazo de nuevo y le cercené la cabeza. Su cuerpo se desplomó y la cabeza cayó tras él, resonando contra la piedra.

Lo había conseguido.

Aric, el antiguo que había asesinado a mi madre, había muerto.

Lo había conseguido.

Retrocedí con la respiración agitada. La sangre de tonos violetas resbalaba por mis brazos y también por la losa. Contemplé con los ojos bien abiertos cómo cubría los huecos entre las piedras y se extendía por el suelo.

Bajé la mirada hasta mi propio cuerpo; tenía la parte delantera manchada de sangre.

Había destrozado el vestido.

Abrí la boca y me eché a reír. La daga resbaló de mis dedos manchados de sangre. Las piernas me fallaron y me desplomé.

Y seguí riéndome mientras la sangre se desparramaba por el suelo.

CAPÍTULO 13

Cuando se apuñala a un fae normal y corriente con hierro, no muere, sino que regresa al Otro Mundo. Su cuerpo se pliega sobre sí mismo y... puf, desaparece. Sin dejar rastro o sangre. Y ocurre lo mismo cuando se les mata. Simplemente se desvanecen casi al instante.

Pero con los antiguos la cosa cambia.

Cuando se les mata, sus cuerpos no se desintegran. Se descomponen como los mortales, pero más rápido.

Sentada en el suelo de piedra, observé cómo la piel de Aric se oscurecía y empezaba a pelarse, cómo se le hundía el estómago en vez de hincharse y su cuerpo se encogía dentro de la ropa. Eso fue a los pocos minutos. Lo demás tardó horas. Pero en el día cuarenta y siete, el siguiente, ya no era más que una mancha aceitosa y grumosa en el suelo y la herida supurante de mi brazo —provocada por su mordisco— por fin había dejado de sangrar. Tenía la impresión de que necesitaba puntos y que de no recibirlos o de no tomar antibióticos, probablemente se infectaría de forma muy fea.

A menos que hubiera un médico escondido entre las enredaderas, no había nada que pudiera hacer para remediar la situación.

No había nada que pudiera hacer para paliar el dolor o contrarrestar las extrañas náuseas que me habían hecho vomitar otra vez.

Solo esperar.

Me dolían los nudillos de lo fuerte que tenía agarrada la daga. Sabía que no podría vencer a dos o tres faes a la vez, aunque no fuesen antiguos, pero me negaba a rendirme sin luchar.

No vino nadie.

Ni la mujer fae que me bañaba ni los hombres que traían la bañera. Al menos tres de ellos tenían que saber dónde me encontraba, y supuse que alguno vendría en busca de Aric, sobre todo porque parecía ser su líder.

Al final, desvié la atención de la mancha a la puerta. Imaginaba que no estaba cerrada. La libertad se hallaba a varios metros de distancia, fuera de mi alcance. Lo intenté, intenté llegar lo más lejos que pude durante horas. Luego usé la daga, primero para tratar de desatornillar la cadena del suelo y luego con el grillete del cuello. Cuando sentí que la hoja estaba a punto de partirse, paré. No podía arriesgarme a perder la única arma que tenía en caso de que apareciera otro fae.

Pero nadie vino.

Las horas dieron paso a otro día, y tras aquel, a otros tantos. Dejé de ser capaz de sujetar la daga, así que la posé sobre mi regazo.

El hambre me dominó y eclipsó el dolor y las náuseas. Lo único en lo que podía pensar era en hamburguesas y filetes, en ensaladas y en tartas de chocolate. Incluso fantaseé con bufés. Luego dejé de pensar en comida. O mi cuerpo o mi mente se habían acostumbrado al hambre o simplemente ya no la sentía. Igual que tampoco sentía el frío o el palpitar de la herida.

Un cansancio demoledor me embargó. Era como si una manta gruesa y pesada me cubriera y evitase que pudiera levantar las piernas y los brazos. Dejé de contar los días después del cuarenta y ocho; ya no tenía fuerzas para levantar la piedra o usar la daga para marcar el paso del tiempo. No sabía si se debía al hambre, a todas las veces que se había alimentado de mí o a la infección de las heridas, pero dormí justo donde me había sentado, contra la losa. Y entonces ya no soporté quedarme sentada.

No sabía exactamente cuándo, pero al volver a abrir los ojos, me encontraba tumbada de costado. La daga había resbalado de mi regazo y ahora descansaba a pocos centímetros de mí, en el suelo.

Necesitaba agarrarla, tenerla cerca, pero no pude. Conforme me quedaba dormida otra vez, me dije que no pasaría nada si no despertaba. Había matado a Aric. Había terminado lo que empecé hacía dos años. Había vengado la muerte de mi madre. Morir en esta cripta húmeda y rancia ya no importaba.

Pero entonces perdí algo más que las fuerzas para sujetar la daga: perdí la noción de todo.

Sí que volví a despertar. O tal vez estuviese soñando. Quizá sí que había despertado y estaba alucinando. No lo sabía con seguridad, pero vi a gente. A mi madre paseándose delante de mí vestida con su bata rosa de estar por casa. Estaba hablándome, pero yo no era capaz de oírla, y cuando la llamaba no obtenía respuesta. Entonces desapareció. Luego vi a una niña con el pelo rizado y rojo y a un hombre con el pelo ondulado y castaño. Los conocía. O eso creía, pero no recordaba sus nombres. Poco después la cripta se desvaneció y en su lugar vi un restaurante con luces cálidas, blancas y titilantes.

Dos personas hablaban, pero yo no los estaba escuchando. Estaba pensando en... las mañanas de Navidad, en el chocolate caliente y en los buenos momentos con mi madre, momentos en los que ella recordaba dónde estaba y...

Un chasquido de dedos me sacó de mi estupor.

—*Lo siento.* —Mis labios se movieron y mi voz salió ronca—. *Estaba en mi mundo. ¿Qué decías?*

—*Que estaba a punto de desnudarme y salir corriendo* —dijo la chica.

El hombre sonrió y se quedó mirándola.

—*No le veo fisuras a ese plan.*

—*Claro que no.* —Sonrió y señaló la carta del restaurante—. *¿Quie-res postre, Bri?*

Bri.

Solo ella me llamaba Bri.

Bri era la forma corta de... Brighton. Ese era mi nombre y ella era...

Parpadeé y desaparecieron con el restaurante. Solo quedaron las paredes redondas y cubiertas de enredaderas y las antorchas titilantes. Luego me adormilé y no vi nada hasta que volví a oír a alguien.

—Lo siento.

Conseguí abrir los ojos y ahí estaba él, de pie y vestido con esa camisa oscura que le quedaba como una segunda piel, que se le adhería al pecho y a la cintura estrecha. El cabello rubio rozó sus hombros anchos cuando inclinó la cabeza.

No quería mirarme.

—*¿Que lo sientes?* —me oí repetir, y mi pecho... Dios, me dolía. Se me partió en dos—. *¿Qué parte es la que sientes? ¿Lo que pasó entre nosotros? ¿O el hecho de que se te olvidara mencionar que estabas prometido?*

Apretó la mandíbula.

—*Todo.*

Lo que se me rompió por aquel entonces volvió a hacerlo.

—*Dios* —susurré.

—*No lo entiendes.* —Me miró—. *Es imposible que lo comprendas...*

—*¿Porque no soy un fae?*

Sus ojos se clavaron en los míos y una eternidad discurrió entre nosotros a la vez que un montón de emociones distintas cruzaban su rostro. Y entonces desaparecieron, como si de pronto hubiera decidido controlar lo que fuese que estuviera sintiendo.

—*Sí, porque no eres como yo. Soy el rey. Debo tener una reina.*

Aquella palabra fue como una puñalada en el corazón. Se me humedecieron las mejillas y el mundo a mi alrededor pareció cambiar otra vez. Ya no estaba en un pasillo, sino de pie en una habitación bien iluminada que olía a manzanas asadas. Y había más gente. La chica con el pelo rojo y otros sin cara ni nombre.

—*Escucha a Ivy* —me instó—. *No debes relacionarte con ninguno de los dos. Que sepan de tu existencia ya es bastante malo de por sí.*

—*Sé cuidar de mí misma* —dije, repitiendo lo que me parecía un guion, uno que no quería leer—. *Y creo que lo he demostrado con creces.*

—*Lo único que has demostrado es que tienes muchísima suerte* —replicó él—. *No eres como ellos.* —Y señaló a los demás—. *No eres ninguna guerrera con años de experiencia.*

—*Soy miembro de la Orden. He entrenado y...*

—*Eres miembro, pero no te dedicas a ese trabajo* —afirmó la chica.

—*Si mi trabajo no es el de cazar y matar faes corruptos, ¿cuál es entonces?*

No me respondieron y en mitad de ese silencio oí a Aric añadir:

—*Naciste en pleno seno de la Orden, pero no eres una miembro de verdad.*

La confusión me embargó mientras la habitación y todos en ella parecían aparecer y desaparecer de golpe. Aric estaba muerto. Lo había matado. No podía estar aquí...

Caden desapareció y volvió a aparecer.

—*Eres una distracción. Una debilidad que no pienso permitir que nadie explote.*

—No soy débil. —Las palabras me arañaron la garganta—. He matado a Aric. Lo he... matado.

El espacio frente a mí estaba vacío.

Se había ido.

Y, entonces, yo también.

* * *

No estaba segura de qué me sacó de aquel vacío inmenso, pero sentí el frío de la cripta cuando antes no sentía nada. Una pequeñísima parte de mí sabía que no sentía tanto frío como debería y que tal vez eso fuese preocupante, pero estaba demasiado agotada como para importarme y demasiado agradecida por que no doliera. Por sentirme... bien, solo cansada. Muy cansada. Estaba empezando a quedarme dormida otra vez cuando los oí.

¿Pasos?

No, hacían demasiado ruido y eran demasiados golpes seguidos. ¿Estaban dando golpes en la puerta? Eso parecía. ¿Los otros faes por fin habían venido para buscar a Aric? Al antiguo le enfadaría saber que habían tardado tanto. Era casi insultante. Una sonrisilla curvó mis labios agrietados. Sentí una punzada de dolor ante la tirantez de la piel, pero me dio igual.

Necesitaba abrir los ojos, pero los párpados me pesaban demasiado. Lo único que quería era dormir.

Voces.

Eso fue lo siguiente que oí, o al menos lo que *creí* oír. No estaba segura. Gritos. Nombres relacionados con mis recuerdos inconexos. Les siguieron unos pasos...

El mundo pareció explotar. La madera se astilló y entró aire fresco y limpio en la cripta.

—¿Brighton?

La voz. *Su* voz. La reconocí. Aquel tono melódico y de barítono que había susurrado contra mi piel. Pero ahora sonaba distinto, lleno de alivio y terror, de rabia mezclada con desesperación.

Oí una maldición y luego sentí un calor semejante a la luz del sol al abrirse paso a través de las nubes. El aire se movió.

—¿Brighton? —Estaba más cerca. Traté de abrir los ojos, pero no sirvió de nada. Pasó un momento y entonces sentí calor contra mi mejilla. Unos dedos. Unas manos cálidas apartándome los mechones de pelo apelmazados—. Dios santo...

Tras aquellas dos palabras pareció caer de rodillas al suelo. Moví los párpados y por fin fui capaz de entreabrir los ojos. La imagen borrosa de un hombre vestido de negro me saludó.

Lo conocía. Sabía que lo conocía, pero no recordaba su nombre. El cabello rubio le tapaba la cara. No me estaba mirando; había estirado la mano hacia el tirante del vestido y me lo colocó sobre el hombro. Luego agarró la tela de la falda y la levantó para dejar a la vista una pierna. No quería que lo hiciera. No quería que viera lo que me habían hecho. Eso lo tenía claro.

—Joder —gruñó—. Maldito hijo de puta. Juro que lo mataré.

Me encogí.

Él movió la cabeza en mi dirección y yo traté de alejarme de la ira que manaba de cada poro de su piel, haciendo que su preciosísimo rostro se pareciese más al de un animal que al de un humano. La agresividad que irradiaba era aterradora.

Pareció controlarlas y dejarlas en un segundo plano. Soltó el vestido y estiró el brazo hacia mí, pero todos los músculos de mi cuerpo se tensaron. Cerré los ojos y aguardé al dolor que seguramente vendría a continuación.

—Brighton —dijo con más suavidad—. No pasa nada. —El cálido contacto volvió a mi mejilla y siguió apartándome el pelo hacia atrás. Se quedó quieto un momento y luego volvió a hablar, aunque las palabras le salieron roncas—. Todo irá bien. Voy a sacarte de aquí. Voy a...

Su voz se apagó a la vez que una cadena traqueteaba en el suelo. Una ola de calor entró en la cámara y me movió la tela del vestido.

—No pasa nada. No pasa nada —repitió. Deslizó la mano...

—No —grazné, encogiéndome por instinto. Conseguí separarme varios centímetros.

Se hizo un silencio tenso y entonces volvió a hablar.

—No voy a hacerte daño. Nunca podría hacerte daño. —Su contacto regresó, lento y mesurado. Deslizó la mano por mi sien y su palma se convirtió en una barrera entre el suelo y yo—. Abre los ojos, Brighton. Por favor. Abre los ojos, nena. Mírame. No voy a hacerte daño. Abre los ojos, lucero.

«Porque un día vi tu sonrisa y fue como si de pronto el camino se iluminara frente a mí...».

Me respondió eso una vez cuando le pregunté por qué me llamaba lucero. Me dijo eso y... que mi pelo eclipsaba hasta los mismísimos rayos del sol.

Caden.

El rey.

Lo conocía.

No me haría daño, aunque... tenía la sensación de que ya me lo había hecho. Mucho, pero de un modo distinto.

Respiré, abrí los ojos... y lo vi en la oscuridad. No podía ser real. No podía estar aquí de verdad.

—Ahí estás. —Sonrió, pero no pareció hacerlo con sinceridad. Sabía cómo eran sus sonrisas de verdad, por muy escasas que fuesen, y esta parecía triste—. Mantén los ojos abiertos por mí, ¿vale? Voy a sacarte de aquí, pero necesito que mantengas los ojos abiertos para saber que sigues conmigo y para que creas que soy yo de verdad.

Abrí los labios para hablar otra vez, pero la lengua me pesaba demasiado. Una parte de mí me dijo que tenía que contarle lo de Aric, que tenía que saberlo.

—Lo... he hecho —dije, pero me dolió al hablar.

—¿El qué? —Me acarició la sien con el pulgar.

—Lo he matado... He matado a Aric.

Caden abrió mucho los ojos y luego miró hacia la izquierda, por encima de su hombro, hacia la mancha en el suelo. Volvió a centrarse en mí y vi orgullo y admiración en su mirada que enseguida se transformaron en desesperación.

—Bien.

La inseguridad me embargó. Tragué otra vez.

—No tienes por qué hablar ahora. —Sus ojos rebuscaron en los míos—. Voy a romper la cadena, te sacaremos de aquí y nos iremos a casa.

¿A casa?

—¿Caden? —Una voz masculina y familiar resonó en la cripta, vacilante.

—Está aquí —habló, aunque no dejó de mirarme.

—¿Está...? —Eso lo dijo otra voz más suave. Femenina. Pensé automáticamente en la chica del pelo rojo.

Caden apretó la mandíbula.

—Está aquí —repitió—. Encadenada. —Oí una maldición en algún lugar de la cripta que me estremeció—. Baja la voz —pidió por encima del hombre—. No hables... No. No te acerques. Al menos por ahora.

—Pero... —protestó la mujer.

—Ren, ve a por una manta o una chaqueta. Algo abrigado y suave —la interrumpió—. Tenemos que hacerla entrar en calor. Está demasiado fría. Y llama a Tanner. Dile que tengan la enfermería preparada.

Ese tal Ren debió de hacerle caso porque Caden volvió a centrarse en mí.

—Voy a romper el grillete que tienes en el cuello, ¿vale? No voy a hacerte daño, pero puede que te sorprendas. Voy a necesitar ayuda, así que, por favor, no te muevas. Nadie va a hacerte daño.

Respiré otra vez, pero sentía que el aire no llegaba a ninguna parte.

Él también inspiró.

—Ivy, necesito que vengas y le sujetes la cabeza, pero acércate muy despacio.

Ivy. Ivy. Ivyyyyyy. El nombre. Lo conocía, y sin embargo no terminaba de acordarme de ella. Sabía que debería. Se me aceleró el pulso por la incertidumbre. ¿Por qué no podía acordarme?

—No pasa nada —me consoló Caden—. Te lo prometo. Ahora estás a salvo.

Escuché unos pasos silenciosos y luego un jadeo.

—*Dios mío.*

Caden movió la cabeza en dirección a la pelirroja y viera lo que viese ella en su rostro, la acalló. Salió de mi campo de visión y yo me tensé.

—Te va a sujetar la cabeza. Nada más —me aseguró Caden—. Luego te quitaré el grillete y te sacaremos de aquí.

—Voy a tocarte —avisó Ivy desde algún lugar a mi espalda. Segundos después, sentí sus manos a cada lado de mi cabeza—. La tengo.

—Gracias —respondió Caden, y yo tuve la clara impresión de que no era algo que dijera a menudo—. Solo un par de segundos más, lucero, y ya está.

Agarró el grillete de metal con las manos y sentí una extraña explosión de calor a la vez que bajaba la barbilla. Los músculos bajo su camisa se contrajeron. Una ligera presión invadió mi cuello y me tensé. Traté de apartarme, pero Ivy me lo impidió. El miedo me atenazó el estómago...

El metal crujió y cedió y, cuando tragué, ya no tenía nada que se me clavase en la garganta.

—Ya está —murmuró Caden apartando el grillete. Se inclinó hacia delante—. La tengo.

—¿De verdad?

Él rompió el contacto visual conmigo y miró a la mujer a mi espalda.

—Sí.

—Más te vale —dijo ella.

No tenía ni idea de lo que significaba ese intercambio de palabras, pero la mujer no dijo nada más cuando Caden deslizó un brazo bajo mis hombros y el otro bajo mis piernas, solo me soltó. Caden me estrechó contra su cuerpo y ahogué un grito a la vez que un escalofrío me recorría de pies a cabeza.

—Lo siento —dijo con voz ronca mientras se ponía de pie con movimientos fluidos. Se giró y mi mirada se desvió hasta aterrizar en la mancha oscura en el suelo.

Caden estaba hablando, pero yo no era capaz de escuchar nada de lo que estaba diciendo. Ni siquiera sabía si estaba hablando conmigo o no. Desvié la mirada hacia él cuando empezó a dirigirse a la puerta. Ya había vivido esto antes. O al menos tenía esa impresión, como si hubiera sido un sueño. Se me formó un nudo en la garganta mientras nos aproximábamos a la entrada. Me encogí y me preparé para la trampa, el obstáculo que impediría que me marchara, el tirón en el cuello. La revelación de que nada de esto era real, sino otra ilusión más provocada por mi mente.

Caden cruzó el umbral y siguió hablando en voz baja y suave al tiempo que nos adentrábamos en la oscuridad. Subió los escalones y luego... luego vi el brillo plateado de la luna.

La luna.

Aspiré aire fresco y limpio. ¿Estaba...? Las lágrimas empañaron mis ojos y difuminaron los rayos de luz plateada que se filtraban a través de los árboles.

Volví a tragar saliva.

—¿De verdad... estás aquí?

—Sí. —Caden se detuvo y bajó la mirada hacia mí—. Estoy aquí de verdad, lucero.

CAPÍTULO 14

Desde el momento en que Caden me subió a un vehículo y me envolvió en una manta, todo se volvió borroso. Entre el calor de la manta y el que irradiaba su cuerpo, no pude hacer lo que me pidió: mantener los ojos abiertos.

Oí retazos de la conversación desde su regazo mientras íbamos en el coche. Me sujetaba con cuidado, con un brazo en torno a mis hombros y pegaba mi mejilla contra su pecho. De vez en cuando sentía leves caricias en la sien o en las manos. Como si... como si le importase, como si fuese valiosa para él y me estuviese cuidando. Pero algo me gritaba que me apartase, que mantuviese las distancias con él. Era incapaz de recordar el porqué de tanta urgencia, y me sentía demasiado agotada como para indagar más en ello.

Cuando volví en mí, Ren estaba hablando desde el asiento del conductor. Tanto su nombre como su cara me resultaban familiares. Lo conocía, al igual que a la pelirroja a su lado, y sabía que estaban juntos. Sus nombres y caras eran como el esqueleto de una casa sin paredes, suelos y todo lo demás.

—¿Cómo de mal? —preguntó Ren.

Apretó el brazo en torno a mi hombro un instante y después lo relajó.

—Mal.

—Ha dicho que lo mató, ¿no? —dijo Ivy—. Lo he oído.

—Sí —respondió Caden. Empecé a notar una sensación extraña en los pies. No era incómoda del todo, sino como un leve ardor que me recordaba a las quemaduras del sol.

—Mierda —murmuró Ren—. Bueno, ahora sabemos por qué tonto y tontito no lo habían visto.

¿Tonto y tontito? ¿Hacían referencia a la película de *Dos tontos muy tontos*? El calor subió por mis pantorrillas.

—Dijeron que llevaban cuatro días sin verlo —respondió ella—. ¿Ha estado allí sola todo ese tiempo?

—La han tenido secuestrada casi dos meses —comentó Ren y sentí un leve atisbo de sorpresa. ¿Tanto había pasado? Había dejado de contar a partir del día cuarenta y ocho. ¿Cuántos me había saltado al principio?—. No me puedo creer que la hayamos encontrado después de todo este tiempo.

—Seguro que pensó que... —Ivy se quedó callada un instante, pero luego siguió hablando—. ¿Le habéis visto la piel?

—Sí —repuso Caden, endureciendo la voz.

—Ese hijo de puta... —Volvió a quedarse callada un momento—. Me alegro de que lo matase. Espero que lo hiciera sufrir lo máximo posible.

—Yo no —dijo Caden.

La incertidumbre regresó. ¿Por qué no se alegraba? Eran enemigos y sabía que Aric le había hecho cosas terribles a personas que le importaban a Caden. Iba a usarlo para... Perdí el hilo de mis pensamientos; fue como si mi mente se apagara tras pulsar un botón.

Caden no respondió. Debí de quedarme dormida durante unos instantes, porque cuando desperté el ardor había llegado a mis hombros y no me gustó nada. Me revolví cuando llegó a mi garganta.

—Oye —dijo Caden con suavidad y a oscuras—. No pasa nada, ya casi hemos llegado.

Sí que pasaba. El calor subió hasta mi cabeza y, a continuación, noté la piel irritada, como si un millón de agujas y pinchos hubiesen estado arañándome la piel.

—Me duele —le dije al tiempo que abría los ojos—. La... piel.

Caden me movió un poco y vi su cara borrosa.

—Te está subiendo la temperatura.

Intenté liberar los brazos para apartar la manta.

—Quieta. —Flexionó el brazo para mantenerme tapada mientras posaba la palma sobre mi frente. Me encogí—. No te quites la manta.

—Hace calor —susurré mientras estiraba la pierna. Sentí que el dolor se extendía por mi piel y penetraba mis músculos. Jadeé—. Me duele.

Hizo un ruidito con la garganta.

—Lo sé. Lo siento, cariño, de verdad, pero tienes que seguir tapada. Todavía no has entrado en calor.

No me importaba. Era como si unas hormigas de fuego me estuviesen devorando por dentro. Me revolví y gemí a causa del dolor en las costillas. El entumecimiento había desaparecido y quería que regresase.

—¿Por qué... por qué me duele? Ya había parado.

—Lo siento —susurró—. Tu cuerpo está entrando en calor y la sangre está circulando como debería. Te dolerá, pero luego te pondrás mejor.

No iba a ponerme mejor. Era imposible, porque todos los cortes me empezaron a picar y cada moratón, a palpitar. No podía quedarme quieta, ni aunque el rey estuviese tratando de sujetarme. Gemía y me retorcía debido al dolor que sentía en la piel. Me dolía por dentro y por fuera. Inspirar era como respirar fuego y se me anegaron los ojos en lágrimas.

—Ya queda poco —murmuró Caden por encima de mi cabeza. Lo repitió una y otra vez. Y entonces el dolor se volvió demasiado.

—Ayúdala —dijo Ivy con preocupación—. Hechízala o algo así.

—No puedo hacerle eso. No ahora, no después...

—Por favor —supliqué, jadeando de dolor—. Haz algo, por favor.

—Sé que te ha hechizado muchas veces. Lo noto. Dios, lo odio y me mata por dentro.

—Parece que la esté matando a ella —espetó Ren—. Deja de pensar en ti y ayúdala.

—No lo entendéis —gruñó Caden—. Está al borde de perder la cordura. Lo veo en sus ojos. No os había reconocido, y al principio a mí tampoco. ¿Por qué creéis que es?

—Por favor —susurré—. Haz que pare. Por favor.

—No puedo. —Suavizó la voz y me acunó la nuca—. No volverías en ti si se alimentaran una vez más de ti o te hechizaran de nuevo. No pienso hacerte eso.

—Voy a acelerar —murmuró Ren.

—Por favor. —Se me quebró la voz—. Que pare.

—Lo siento —dijo Caden al tiempo que me estremecía—. Siento que tengas que pasar por esto. Perdóname.

Era como si se formasen ampollas en la piel que luego explotaron. Se me estiraron los músculos hasta romperse. Notaba los huesos frágiles y afilados. No había forma de escapar...

Recordé; la niebla se disipó y recordé todo lo que había hecho. Todo. Y no pude lidiar con ello.

Eché la cabeza hacia atrás y grité. Oí voces en la parte delantera del coche. Mi cuerpo se revolvió a causa del dolor y la piel en carne viva y los moratones se me irritaron. Perdí la voz. Fue demasiado. Me abandoné a la nada y lo último que recordé fue a Caden gritando mi nombre.

* * *

Una desconocida me estaba observando. Una mujer con una camisa azul clara. Había más personas quitándome el vestido por los tirantes mientras la fae hablaba, pero fui incapaz de oírla por encima del ruido en mis oídos.

—Parad —dije con voz ronca mientras apartaba las manos—. *Parad.*

—Soy sanadora, trabajo para el rey. —Me agarró la mano y la dejó en la mesa—. Hay que quitarte el vestido y curarte las heridas.

Lo que dijo tenía sentido y al mismo tiempo, no. La tela bajó por mis hombros...

La mujer retrocedió con los ojos bien abiertos. Oí varios jadeos y a continuación la sanadora se dispuso a lanzar órdenes a toda prisa.

—Ponedle una vía con morfina. Primero cuatro miligramos y después metedle líquidos. Traed solución Ringer. Mirad qué antibióticos tenemos y que uno de los mortales se prepare por si tiene que salir.

Todo pasó demasiado deprisa. Me quitaron el vestido y me cubrieron con una manta suave y calentita. Sentí el pinchazo de la aguja en una vena del dorso de la mano, pero aquello no fue nada en comparación con lo demás.

—Sentirás calor dentro de unos momentos. Puede que notes un sabor raro en la boca, pero no te preocupes. Son medicamentos para aliviar el dolor —me explicó la mujer—. Vamos a examinarte esas heridas, ¿vale?

No sabía quién era ella ni toda esa gente. ¿Dónde estaba Caden? Empecé a incorporarme con el corazón a mil por hora, pero noté un zumbido que, de alguna forma, consiguió aplacar y enfriar el fuego a cada instante que pasaba. Dejé de revolverme. No...

La gente se movía a mi alrededor. La mujer volvió a hablar, pero no la entendí. Ladeé la cabeza y clavé la mirada en unos ojos color ámbar.

Caden estaba apartado y su piel, normalmente bronceada, más pálida que nunca. Todos le daban su espacio y, aunque él no se movió, sus labios sí.

Juraría que dijo: «Estoy aquí».

* * *

Fui consciente de dos cosas.

El pitido regular fue lo primero que oí cuando dejé de nadar en la inconsciencia. Lo segundo fue que no sentía tanto dolor, lo cual era importante. Me notaba un poco adolorida e irritada, pero nada comparado con el dolor de antes. Sentí tal alivio que hasta me entraron ganas de llorar.

No lo hice.

En cambio, traté de abrir los ojos. Esta vez no me costó tanto, aunque sí que tardé porque notaba los párpados hinchados. Lo conseguí y me descubrí contemplando un techo blanco y liso en lugar del interior del coche o el techo de piedra de la cripta.

Otro gran alivio.

Estaba viva; no seguía en la cripta, encadenada a la losa y esperando morir.

Dios.

Tragué saliva y me encogí al sentir un dolor agudo en la garganta. «Estoy viva». No dejaba de repetírmelo porque no parecía real ni posible, pero estaba tumbada en un colchón cómodo y la suave luz del sol se colaba en la estancia. Dar con los recuerdos de cómo había llegado hasta allí fue como hojear un álbum de fotos borrosas y descoloridas. Sin embargo, recordaba a Caden, Ivy y Ren, y el dolor de mi piel calentándose... Sí, tardaría bastante en olvidarme de ese dolor.

También recordaba a la fae sanadora. Antes de alejarme flotando en la nada, la había oído hablando con alguien... con *él*. Le preocupaba que hubiese infección y la cicatrización, y aquello último casi me hizo reír, porque ya tenía cicatrices. ¿Qué importaban unas pocas —o doscientas— más? Me habían sacado sangre. Habían usado términos como «deshidratación» o «desnutrición» y también les preocupaban otras cosas en las que no quería pensar.

Ahora que lo pensaba, me resultaba bastante fuera de lugar que le permitieran estar allí. Aunque también era cierto que era el rey y le dejaban hacer todo lo que le viniera en gana.

Sentía los brazos pesados y me brillaban a causa de algún tipo de ungüento. También me habían vendado la mordedura del brazo izquierdo. Me notaba extrañamente limpia, como si me hubieran dado un baño, pero a juzgar por cómo me picaba la cabeza, sabía que no me habían lavado el pelo.

Dios, daría cualquier cosa por una ducha, una en la que no me frotasen la piel en carne viva ni nadie...

Cerré los ojos y dejé de pensar en aquello a la vez que respiraba hondo. Ir por ahí no me conduciría a nada bueno, no cuando ya tenía bastante con lo que atormentarme.

El ruido de alguien moviéndose en una silla me hizo volver en mí. Giré la cara hacia la izquierda y aguanté la respiración cuando me ardió la mejilla de ese mismo lado.

Ay.

Vale, la medicación solo ayudaba hasta cierto punto, estaba bien saberlo.

Abrí los ojos y me quedé atónita. Caden estaba estirado en una silla junto a la cama, con los pies descalzos cruzados y apoyados en el piecero de la cama. Tenía los ojos cerrados, la mejilla pegada al puño y el cabello le tapaba la mitad de la cara. Iba vestido tal y como lo recordaba, con una camisa negra y unos vaqueros oscuros, y parecía estar dormido.

¿Cuánto tiempo llevaría aquí?

¿Cuánto tiempo había dormido yo?

Mejor aún, ¿qué hacía aquí siquiera?

Desconocía las respuestas y tampoco quería despertarlo. En lugar de eso, permanecí tumbada y... mirándolo, disfrutando de las vistas.

Caden era... era tan guapo como lo recordaba. Tenía una apariencia sobrenatural perfecta y casi irreal. Deseé por enésima vez que no fuese tan atractivo. Menos mal que su actitud de imbécil disminuía un poco esa atracción.

Ja, eso no se lo creía nadie.

Todavía lo amaba. Seguía enamorada de él por mucho que estuviese comprometido y me lo hubiera ocultado. Mis sentimientos por él no habían cambiado.

Lo amaba.

Pero no me caía bien.

Qué extraño tener esos sentimientos tan contradictorios, pero así era el amor.

Me sorprendí al pensar así. Porque, después de todo por lo que había pasado, podía... podía seguir pensando en cosas *normales*, importantes y que no tuvieran relación con pasar hambre y sufrir torturas. Me sorprendió que pudiera acordarme de la noche que habíamos pasado juntos, las cosas que me había hecho —y yo a él— y sentir calor. Me resultaban tan *normales* porque...

Porque pensaba que no lo volvería a ver. No esperaba volver a ver el sol o respirar aire fresco otra vez. Creía que no sobreviviría.

Era demasiado que asimilar.

Permanecí tumbada observando cómo respiraba. Me di cuenta de que también me costaba asimilar que hubiese grandes lapsos de tiempo en los que no recordaba lo que había pasado, pero sí que seguía sintiendo miedo y dolor. Recordaba lo que me había hecho Aric con la daga con la que lo había matado y sus puñetazos, pero tenía algunas lagunas que me producían pánico y humillación.

Suspiré y eché un vistazo a mi alrededor. No estaba en la enfermería, sino en una de las espaciosas habitaciones del hotel. No tenía ni idea de cómo había acabado aquí.

Caden se revolvió y abrió los ojos. Su mirada conectó con la mía. Poco a poco bajó la mano y se irguió. Permaneció en silencio durante unos instantes y después habló:

—¿Cuánto tiempo llevas despierta?

—No... —Carraspeé para intentar aclararme la voz—. No mucho.

—Entonces no llevas mucho tiempo observándome dormir, ¿no?

—No te estaba observando. —Me ruboricé ante la mentira tan obvia que solté.

—Ya. —Esbozó una sonrisilla a la vez que bajaba los pies de la cama y los dejaba en el suelo antes de incorporarse—. ¿Cómo te sientes?

Recordé su forma de sujetarme en el coche, de intentar calmarme mientras yo gritaba.

—Mucho mejor.

—Tienes mejor aspecto.

—Seguro que estoy hecha un desastre.

—No —rebatió—. Estás preciosa.

Puse los ojos —bueno, el ojo— en blanco.

—No necesito un espejo para saber que eso es mentira.

—No necesitas un espejo para nada.

No supe cómo responder, aunque me gustó el revoloteo que sentí en el pecho. Decidí que ya era hora de cambiar de tema.

—¿Cuánto tiempo he estado durmiendo?

—Hoy es jueves y te trajimos el lunes por la noche, así que dos días —respondió—. Te has despertado un par de veces.

¿Dos días? Dios.

—No recuerdo haberme despertado.

—La sanadora te ha administrado una dosis alta de analgésicos. Estabas un poco... ida, pero pudiste ir al baño.

Eso explicaba por qué no notaba la vejiga a punto de estallar. Un momento.

—¿Me acompañaste al baño?

Si me respondía que sí, tenía la confirmación de que Dios me odiaba.

—No. —Sacudió la cabeza—. Ivy y Faye fueron contigo. También te cambiaron los vendajes del brazo y las piernas.

—¿Las piernas?

Curvé las comisuras de la boca hacia abajo y sentí un tirón en el labio inferior, cosa que me alertó de que seguía curándose.

—Hay cortes más profundos que no necesitan puntos.

Se apartó un mechón de la cara.

—Ah. —Desvié la mirada a las manos. Tenía moratones que habían empezado a desaparecer—. ¿Lo has visto... todo?

Caden pareció entender a lo que me refería, porque se inclinó todavía más.

—La mayoría, Brighton. Lo suficiente.

Cerré los ojos. Noté cierto calor, una oleada de vergüenza que no debería. No debería importar mi aspecto ahora. Sobre todo porque estaba viva y *eso* era lo que importaba. Antes mi cuerpo ya lucía alguna marca de lo que me había pasado, pero ahora era un mapa de todo lo que había sufrido. Era consciente de que me quedaría la cicatriz de algunos cortes; mientras estuve en la cripta aquello no me había parecido tan relevante porque había cosas más importantes.

Aún las había.

Pero saber que Caden había visto cómo estaba ahora me hizo más daño que la hoja de la daga.

—Mejorarás —dijo en voz baja, tanto que apenas lo oí—. Te curarás. Todo esto pasará, recuérdalo.

—Ya —susurré.

Su mirada buscó la mía.

—¿Crees que puedes beber algo? No puedes tomar nada sólido hasta que la sanadora te dé el visto bueno.

Asentí. Me encantaría algo de agua. Caden se levantó y se dirigió a la zona del salón. Volvió enseguida con un vasito. Empecé a sentarme, pero me detuve al sentir un dolor punzante en las costillas. Inspiré hondo y me llevé una mano hacia abajo.

—Tienes las costillas vendadas porque algunas estaban rotas. —Dejó el vaso a un lado—. Deja que te ayude.

Me tensé cuando Caden se me acercó. «No pasa nada». «No pasa nada». Lo repetí y observé su pecho mientras pasaba un brazo bajo mis hombros y me incorporaba para colocar cojines a mi espalda. «No pasa nada». «No pasa nada».

—¿Estás bien? —preguntó.

Asentí.

Caden se alejó para ir a por el vaso. Alcé la mirada al tiempo que él se volvía hacia mí y me lo ofrecía. Estiré el brazo y, de improviso, sentí pánico. La parte lógica y funcional de mi cerebro sabía que la reacción era innecesaria, pero se trataba de un reflejo que era incapaz de controlar. Retraje el brazo y cerré la mano en un puño contra mi pecho.

—¿Estás bien? —preguntó preocupado—. ¿Es por las costillas?

Abrí la boca para contestar, pero no encontré las palabras. La parte lógica de mi cerebro sabía que Caden no era Aric, que no iba a hacerme daño, pero...

Me estremecí y me quedé mirando el vaso. Aunque tenía muchísima sed, notaba la garganta cerrada a causa del miedo.

—¿Qué pasa? Dime, Brighton. Puedo llamar a la sanadora. —Por el rabillo del ojo vi que estiraba el brazo hacia mí.

—¡No! —me aparté y me encogí. Lo comprendió y su expresión demudó en otra de dolor. Desvié la mirada y noté que enrojecía debido a la vergüenza—. Estoy bien. Solo necesito... un momento.

Caden se quedó callado y a mí me costó un poco regular el pulso. Y luego algo más autoconvencerme de que no me iban a golpear.

«No pasa nada».

Inspiré hondo y aguanté la respiración mientras levantaba la mano y la acercaba al agua. Me encogí cuando mis dedos rozaron el cristal frío. Al ver que no pasaba nada, los cerré en torno al vaso. Caden se alejó de inmediato y volvió a su silla.

No pude ni mirarlo mientras soltaba el aire. Con la mirada clavada en la bebida, sentí los ojos húmedos y cierto rubor en el cuello. Levanté el vaso y percibí un aroma afrutado.

—¿Qué... qué tiene?

—Una baya de saúco del Otro Mundo —respondió con voz ronca—. Ayuda con la inflamación y es un buen remedio para el estómago revuelto. Muchos faes dicen que también calma la ansiedad. Los humanos la pueden tomar sin problema.

¿«Ansiedad»?

Me harían falta más fármacos para lidiar con eso.

—¿«El estómago revuelto»?

Le di un sorbito y casi gemí ante el frescor y el ligero sabor de la baya, que ayudó con la irritación en la garganta.

—Vomitaste una de las veces que despertaste. Ya estabas en el baño, con Ivy.

—Ah —murmuré antes de pegar un sorbo más largo. Me costó menos tragar—. Siento... haberme puesto así. Es que...

—No te disculpes. No tienes por qué.

Lo encontré observándome. Di otro trago y deseé que el líquido me ayudase a no ruborizarme. Me lo acabé y quise más, pero supuse que primero debía ver qué tal le sentaba a mi estómago.

—¿Cómo me encontrasteis? —Seguía con el vaso entre las manos porque me pareció normal tenerlo.

—Te estuve buscando. Bueno, todos.

Me sorprendí y luego me embargó la culpa.

—¿Creías que no te estábamos buscando? No te culpo. No después de lo que pasó antes de... antes de que desaparecieras y de todo el tiempo que Aric te tuvo retenida. Pero lo hicimos. Todas las noches. Algo me decía que Aric te tenía, pero no pudimos encontrarlo ni a él ni a Neal. —Caden endureció la voz—. Capturamos e interrogamos a todos los faes de invierno que encontramos. O no sabían nada o se negaban a hablar, pero no nos dimos por vencidos. Mantuve la esperanza de que te encontraríamos, pero...

—Pero no esperabas encontrarme con vida —terminé la frase por él.

Caden ladeó la cabeza con los labios apretados.

—Sabía que cuanto más tiempo pasaba, menos probabilidades había de que siguieras viva... —Echó la cabeza hacia atrás y tragó saliva—. Sinceramente, llegó un momento en el que no sabía qué sería peor: que continuaras con vida y con él o que te hubieras ido.

Agarré del vaso con más fuerza.

—Que te... que te hubieras ido habría sido mucho peor. Habría sido como perder el sol.

CAPÍTULO 15

Abrí la boca, pero me había quedado sin palabras. Lo que había dicho había sido... bueno, bastante increíble.

—Lo único en lo que pensaba era en encontrarte. Y los demás igual —prosiguió Caden, frente a mí una vez más—. Pero sé que no importa lo que sintiéramos o temiésemos porque no se puede comparar con lo que tú has pasado.

De nuevo, no tenía ni idea de cómo responder o qué pensar, así que básicamente lo ignoré.

—¿Y la Orden? ¿Miles? ¿Ellos me han... buscado?

—Al principio sí.

Entendí lo que me dijo de manera implícita.

—¿Pero luego no? Presupusieron que estaba muerta y decidieron ahorrar en personal.

—Lo siento.

—No lo sientas. —Sonreí y me pareció una sensación extraña y rara. Probablemente porque llevaba sin hacerlo... bueno, muchísimo tiempo—. Las cosas son como son. No era una miembro indispensable de la Orden.

Caden me miró a los ojos.

—Eso fue un error por su parte. Y por la nuestra.

Aparté la mirada al tiempo que varias conversaciones pasadas resurgían en mi mente. Caden. Ivy. Ren. Ahora sí los recordaba. Todos ellos me decían que tenía que mantenerme al margen.

—Aric nos envió un mensaje. Quería reunirse conmigo, decía que tenía algo que estaba buscando. Supe inmediatamente que eras tú. Y tenía razón. —Caden exhaló con pesadez y hubo algo que mi mente trató de recordar—. No tenía ni idea de si seguías viva, pero fui. Él no se presentó, pero dos de sus caballeros sí. Ambos aseguraban que Aric se reuniría con ellos allí.

Tonto y tontito, supuse. Los que traían la bañera de cobre.

—Uno de ellos no habló, pero el otro sí, y nos dijo dónde te tenían retenida. Por desgracia, tardamos bastante en sonsacarle esa información.

Tenía la sensación de que debería saberlo.

—¿Cuánto tiempo?

—Cuatro días —dijo Caden.

Algunos destellos de esos días parpadearon frente a mis ojos. El hambre. El agotamiento. Las alucinaciones.

—¿Los dos caballeros están muertos?

—Sí.

—Bien —murmuré.

—¿Cómo lo mataste? —preguntó Caden tras un momento de silencio.

—Se olvidó... una daga. No recuerdo por qué. —Fruncí el ceño—. Creo que algo lo sorprendió y se la dejó allí, pero me acordé de ella cuando... cuando desperté. —Lo miré—. La recordé y supe que tenía que esperar hasta que solo viniera él. Esos dos caballeros eran los que traían la bañera a la cripta para que pudiera bañarme. También había una mujer fae.

Caden ladeó la cabeza ligeramente.

—¿Te obligaba a bañarte en esa cámara?

Volví a mirar al vaso y asentí.

—Sí. Pero bueno, usé la daga la primera vez que vino solo. Le corté la cabeza con ella. —Pensé en el vestido. Había dicho que era un regalo—. Creo que vino para llevarme... —Mierda. Caí en la cuenta de algo y levanté la barbilla—. Creo que vino para llevarme contigo. Por eso me puso ese vestido.

Caden apretó la mandíbula.

—Iba a soltarme y a sacarme de esa cripta. Podría haberlo matado entonces y haber tenido una oportunidad de escapar. —Abrí los ojos como platos—. Y entonces no... no me habría tenido que quedar allí.

—No tenías ni idea de lo que estaba planeando hacer. Lo hiciste lo mejor que pudiste —me aseguró Caden—. No hiciste nada malo.

«Yo no».

El rey respondió eso cuando Ivy dijo que se alegraba de que hubiese matado a Aric.

—Dijiste que no te alegrabas de que lo hubiera matado.

—¿Oíste eso? —Al asentir, una sonrisilla apareció en sus labios y luego desapareció—. Aparte de que quería ser yo quien lo hiciera pedazos con mis propias manos, habría preferido que no te hubieras visto en esa tesitura. Por eso no me alegro de que lo mataras.

—Ah —repetí por enésima vez—. Bueno, pues sufrió. Mucho. —Entonces esbocé una sonrisa de verdad, de esas que probablemente preocuparía a la mayoría de los terapeutas de todo el país—. Cortarle la cabeza a alguien no es nada fácil.

Curvó una comisura de la boca.

—Pero lo hiciste.

—Sí. No me quedó más remedio. —La sonrisa desapareció y respiré con dificultad—. Era lo único que podía hacer. Aric es... *era*... —Me callé y sacudí la cabeza—. Era el mal encarnado.

—Lo sé.

La forma en la que lo dijo me recordó la sonrisa provocadora de Aric y algo sobre... Fuera lo que fuese, se me escapó de entre los dedos. Suspiré profundamente y miré a Caden, que se había vuelto a sentar con las manos en los brazos de la silla. Parecía capaz de convertir cualquier cosa en un trono.

—¿Qué te hizo?

Era una pregunta cargada de implicaciones y no sabía siquiera si sería capaz de responderla. Fruncí el ceño.

—No tienes por qué contestar. Perdona. No tendría que haber...

—Me hizo todo lo que pudo —susurré, haciendo temblar el vaso conforme más recuerdos se abrían paso en mi mente—. Cuando no me doblegaba o cuando no... no gritaba, se aseguraba de que lo hiciera. Se tomaba su tiempo. Los cortes me los hacía durante horas. No sé. Quería asegurarse de que... supiera que él tenía el control: cuándo dormía, cuándo despertaba, cuándo... comía o bebía.

—¿Te hacía algo con la comida o la bebida? —preguntó Caden.

Lo miré y vi que se estaba aferrando a los reposabrazos con fuerza.

—No me... —Me giré e ignoré la punzada de dolor en las costillas al dejar el vaso en la mesita de noche—. No me lo ponía fácil. Pasaba...

—¿Qué? —Su voz sonó más suave, aunque sus nudillos habían empezado a ponerse blancos.

—No sabía que se podía desear algo con tantas ganas y temerlo a la vez. —Sin darme cuenta, me llevé los dedos a mis labios y palpé la piel hinchada por primera vez—. Pasaba muchísima hambre porque no me traía apenas comida, pero *odiaba* comer.

—Brighton. —Su voz seguía siendo dulce, aunque tenía un deje serio que no quería oír.

Giré el cuello y bajé la mano al regazo.

—Me hizo muchas cosas.

—¿Te...? —Caden tensó los músculos como si se estuviera preparando para decirlo en voz alta—. La doctora dijo que tenías moratones en zonas que la preocupaban. Puede que hayas sido víctima de otras heridas. Heridas que no están a la vista.

Entendí lo que me estaba preguntando y se me cortó la respiración. Nuestras miradas conectaron por un brevísimo instante porque no fui capaz de aguantársela. En cambio, me centré en la venda que me cubría el brazo.

—Creo... que no —repuse, jugueteando con el borde—. No recuerdo que me hiciera nada de eso. Ni siquiera cuando me bañaba o...

Unos labios fríos sobre los míos. Unas manos heladas. Una imagen de Aric arrodillado frente a mí mientras yo estaba en la bañera cruzó por mi mente. Su mano bajo el agua, sus dedos helados...

Cerré los ojos con fuerza y me quedé completamente inmóvil. Eso lo recordaba. Me había hechizado y me había tocado conforme hablaba, mientras me decía...

—No tienes por qué pensar en ello —me aseguró Caden, desviando mi atención de las imágenes inconexas—. No hace falta que trates de recordarlo ahora mismo.

—¿Y si me acuerdo más adelante? —susurré.

—Ya nos ocuparemos de ello entonces.

¿«Nos»? Clavé la mirada en él. Su expresión era seria y... violenta. Me entró un escalofrío. Había soltado los brazos de la silla y se había inclinado hacia delante. Los reposabrazos parecían extraños. ¿Había abollado la madera? Por alguna razón, el vestido apareció en mi mente, el que Aric me obligó a ponerme. Algo me decía que había un dato importante sobre él, algo que debía contarle a Caden, pero por mucho que lo intentase, no era capaz de acordarme.

Me costaba pensar.

Me recliné sobre las almohadas y cerré los ojos. ¿Y si no recordaba nunca? ¿Y si sí? No sabía qué era peor, la verdad.

En mitad de aquel silencio me di cuenta de que no le había dado las gracias a Caden, y tampoco tenía ni idea de si se las había dado a Ivy.

—Gracias —dije.

—¿Por qué? —sonaba confundido.

—Por buscarme. Por encontrarme —respondí, luchando con el vacío que me atenazaba el pecho. La aflicción de creer que nadie vendría a por mí aún me afectaba—. Habría muerto allí si no me hubierais encontrado.

—Jamás me agradezcas eso, Brighton. Jamás.

—Bueno, pues acabo de hacerlo.

Emitió un ruidito de frustración y, por alguna razón, eso me hizo querer sonreír.

—Ojalá nunca hubieras tenido que dudar de que iría a por ti.

—Caden...

—Ojalá no hubieras tenido que pasar un solo momento pensando que nadie te rescataría. —Su voz sonaba grave, urgente—. O sin sentirte lo bastante querida o deseada como para que alguien vaya a por ti.

Se me formó un nudo en la garganta. Ahora mismo no podía oír esto. De hecho, no creía poder oírlo nunca. Me hacía querer echarme a llorar. Me hacía querer preguntar por qué me decía estas cosas. Me hacía desear que lo que lo motivase a decirlo no fuese la culpa y el arrepentimiento.

—Antes de que se me olvide, creo que tienes un nuevo club de fans entre los faes de verano —me dijo, cambiando de tema. Era evidente que se había percatado de mi incomodidad con sus sentidos superdesarrollados, pero en ese momento se lo agradecí—. Tal vez hasta rivalice con el de Tink.

Eso sonaba de lo más improbable y sorprendente, porque recordaba vagamente que siempre me trataban como si fuese a contagiarles una enfermedad.

—¿Por qué?

—Se han enterado de que mataste a Aric. A sus ojos eres su heroína.

—Ah. —Abrí los ojos—. Pero no ha terminado todo, ¿verdad? Neal sigue libre. Los jóvenes todavía corren peligro.

—Sí, pero no es tan poderoso, entregado o inteligente como Aric. Si se entera de que Aric ya es historia, y me aseguraré de que así sea, lo más probable es que salga huyendo con el rabo entre las piernas.

Solté un largo suspiro de alivio, pero al ir a inspirar, de lo que me llené fue de inquietud. No entendía por qué. Si Caden tenía razón, todo había terminado. No más preocupaciones por que la reina fuese a volver o por que más jóvenes fueran a desaparecer. La corte de verano estaba a salvo, y el mundo también.

Sin embargo, no podía dejar de pensar que las cosas no habían terminado ni mucho menos, sino que solo estaban empezando.

CAPÍTULO 16

—Oye —dijo Caden, y consiguió que dejase de obcecarme con esa corazonada—. ¿En qué estás pensando? Y no digas que en nada, sé que algo te preocupa.

No sabía cómo contestar porque no tenía ni idea. Escrutó mi rostro en busca de respuestas y me dio la sensación de que lo que realmente quería saber era si mi mente se había dispersado. Volví a mirarme el vendaje.

—Sigo aquí.

—Bri...

—En fin, son buenas noticias, ¿no? La amenaza de la reina ya está casi sofocada. Podrás hacer lo que sea que hacen los monarcas faes y casarte con tu reina. —Las palabras me supieron a ceniza y, a la vez, tuve un *déjà vu*, como si realmente hubiera más tela que cortar—. Seguro que Tatiana ya está más que lista para convertirse en reina. O igual ya os habéis casado.

—No.

No pude evitar el ramalazo de alivio que sentí, ni tampoco quise reconocerlo. Admitir que lo seguía amando era una cosa, pero alegrarme de que no se hubiera casado era otra muy diferente.

—Entonces deberías ponerte a ello. La corte quiere a su rey y reina unidos —repetí lo que me dijo una vez. Me extrañó recordar aquello y no el apellido de Ren.

—Ya hablaremos de eso más tarde.

Fruncí el ceño y el dolor que sentí me instó a destensar la piel.

—No hay nada de qué hablar.

—Hay mucho de lo que hablar. —Se levantó—. Pero tú necesitas descansar y mejorar antes de que Tink vuelva y se dé cuenta de que le hemos mentido.

—¿Le habéis mentido?

—Decidimos no contarle que habías desaparecido. Ivy sabía que, si se lo decíamos, saldría a buscarte y corría el riesgo de caer en manos de algún fae de invierno —explicó Caden. Tenía sentido. Por muy infantil que pareciese, era tremendamente poderoso—. Le dijimos que la Orden te había encargado una misión.

—¿En serio? —dije secamente.

—Fue idea de Ivy y Tink le creyó.

—Se va a enfadar mucho cuando se entere de que le habéis mentido.

—Lo sé.

—Contigo. —Lo miré.

Esbozó una pequeña sonrisa ladeada.

—Soy el rey.

—¿No eres la persona con quien más se enfada la gente?

—En mi mundo, no.

Suspiré.

—Además, Tink me quiere, así que supongo que canalizará su rabia hacia Ivy y Ren.

—Qué bien.

No apartó los ojos del lado izquierdo de mi rostro. Me dio la sensación de que esa parte la tenía especialmente mal. Su mirada estaba cargada de tristeza y remordimiento.

—Tú no tuviste la culpa —le dije.

—En eso discrepamos.

—No. Tú... —Parpadeé cuando se formó una imagen de Aric en mi mente—. Tú no fuiste quien me hizo esto. Aric me dijo... Sabía que me habías estado buscando.

—Tampoco fue culpa tuya. —Caden se sentó en la cama y apoyó las manos a cada lado de mis caderas, cosa que me sorprendió. Me tensé y el corazón me dio un vuelco. Se apartó y levantó las manos—. No tuviste la culpa de nada de lo que te hicieron, Brighton. Habría dado igual que te hubieses marchado con él voluntariamente. Quien te hizo esto fue *él*.

—Tampoco es culpa tuya.

Caden giró la cabeza y le palpitó un músculo de la mandíbula.

—Sé por qué te secuestró. Lo supe antes de verte en aquella cripta, en esa... —Se quedó callado y soltó una gran bocanada de aire—. Ojalá estuviese vivo para poder destrozarlo miembro por miembro.

En parte yo también creía saberlo. Aric me lo había dicho y era importante.

—Hay algo que... no recuerdo. —Sacudí la cabeza como si aquello fuese a ayudarme. Obviamente no funcionó y me frustré—. Me acuerdo de tonterías, pero sé que hay cosas más importantes.

—Recobrarás los recuerdos a medida que te recuperes.

Solté una breve carcajada.

—Sé que no siempre es así. Mi madre... —Apreté los labios e ignoré el dolor—. Tenía días buenos y días en los que parecía no estar presente. Ni me reconocía ni se acordaba de que estaba en casa. Sus recuerdos nunca regresaron. Apenas la tuvieron unos días y se olvidó de años enteros. Aric se alimentó de mí... —Tragué saliva ante la oleada de calor que emanó del rey—. Muchas veces. Había veces en las que no tenía ni idea de dónde estaba ni de cómo había llegado hasta allí y tenía que recordar quién era. Podría volverme a pasar y no habría nada que pudiese hacer para evitarlo. Aunque solo sean un par de horas, perderé partes de mí misma.

—Eso no pasará —me prometió Caden.

Lo miré. Veía su cara borrosa.

—No digas eso, no lo sabes.

—Tienes razón. —Caden estiró el brazo despacio para agarrarme la mano y, al ver que no reaccionaba mal, la tomó sin apretar—. Me he equivocado.

—¿Y lo admites? ¿En qué?

Volvió a esbozar una sonrisilla.

—Dudé de tu fuerza. En lugar de obligarte a dejar de perseguir a Aric, tendría que haberte hecho partícipe. Estaba... Bueno, ahora ya no importa, pero no deberíamos haberte excluido. Incluyo a Ivy y a Ren, a la Orden y a cualquiera de nuestros guerreros. Nos equivocamos.

Escuchar aquello significó mucho para mí.

—No sé cuánto has sufrido, pero sí sé que pocos habrían aguantado lo mismo que tú. Y no solo eso, sino que también lo has matado. Era tu única vía de escape, y más creyendo que nadie iría a por ti. Has sido fuerte y muy valiente. Todos tenemos que enfrentarnos a eso último —dijo. Abrí la boca, pero prosiguió con voz ronca—: Estabas dispuesta a sacrificarte y, en parte, lo hiciste. Creo que te recuperarás mejor de lo que crees, pero aunque no lo hagas, estarás bien. Yo me ocuparé de que así sea.

¿Que se ocuparía? ¿Cómo? Era el rey, imaginaba que tenía responsabilidades aparte de encargarse de mí o de vigilarme cuando estuviese confusa. Además, estaba a punto de casarse.

CASARSE.

Dudaba que a la futura reina le hiciera mucha gracia. Lo que menos me apetecía era volver a enfadar a un fae y que me la tuviera jurada para toda la vida.

O recordar días, semanas o incluso años después por qué Caden necesitaba asegurarse de que yo estuviera bien.

Me quedé mirando nuestras manos y agradecí el ardor en el pecho solo porque fue una dosis de realidad. Caden no estaba aquí por sentir lo mismo que yo por él. No había prometido estar a mi lado mientras lidiaba con las secuelas de... de lo que Aric me había hecho. No éramos pareja, ni personas que permanecían juntas en la salud y en la enfermedad. Lo que sentía por él no era recíproco, o al menos no en el mismo sentido. Era evidente, ya que estaba comprometido con otra persona. Estaba aquí solo porque se sentía culpable y le daba pena.

Se sentía responsable de mí.

Solo hizo falta ver su expresión cuando había perdido los papeles con el vaso de agua. Me revolví un poco, avergonzada.

Me costaba recordar cosas, pero no su forma de mirarme antes. Incluso cuando estaba enfadado conmigo o habíamos discutido, me miraba como si apenas pudiera contener las ganas de lanzarse sobre mí y acorralarme contra el suelo. O la pared. Me estremecí.

Ahora su mirada era una mezcla de pena y horror, culpa y remordimiento, y ser consciente de ello era como tener un nudo constante en el estómago.

Eso fue lo peor que nos había pasado. Había pasado de ser una mujer deseada y respetada, aunque a regañadientes, a otra de la que se compadecía. No necesitaba tiempo para recuperarme y verlo claramente.

Ya lo veía perfectamente.

Incómoda, retiré la mano y él la soltó. Agarré la manta con fuerza.

—Estoy muy cansada, creo que necesito dormir más.

Caden permaneció en silencio durante unos instantes.

—Volveré dentro de unas horas con algo de comer, después de que la sanadora te vea.

—No hace falta.

—Lo sé. —Cubrió mi mano con la suya y relajó mis dedos—. Pero quiero hacerlo.

Lo miré.

—Más bien lo necesitas.

—Eso también.

—Seguro que otra persona me lo puede traer. Estarás ocupado y Tatiana...

—Ya hablaremos de eso más tarde —interrumpió Caden—. Volveré luego. —Levantó mi mano y me volvió a sorprender besando el dorso—. Descansa.

Caden ya se había puesto de pie y estaba junto a la puerta antes de que pudiese asimilar lo que había hecho. Se detuvo y me miró por encima del hombro.

—Me equivoqué en muchas cosas, Brighton. Cosas que no espero que me perdones, pero de las que hablaremos cuando te recuperes y estés lista.

* * *

No tenía ni idea de qué quería hablar Caden. ¿El tipo de papel para las invitaciones de su boda con la futura reina?

¿Los faes mandaban invitaciones?

No lo sabía, pero unos cinco minutos después de que se marchase llamaron a la puerta e Ivy asomó la cabeza.

—Hola —dijo mientras entraba—. Soy Ivy...

—Sé quién eres. —Me sonrojé y jugueteé con la manta.

—Lo siento —se disculpó, avergonzada.

—No pasa nada.

Relajó las facciones de la cara.

—Nos hemos encontrado a Caden y nos ha dicho que estabas despierta. ¿Te parece si la sanadora y yo te hacemos una visita rápida? Quiere echarte un vistazo.

Asentí.

—Claro.

Ivy sonrió y se apartó para dejar entrar a la fae alta. Lo primero que pensé era que parecía una doctora mortal con la bata blanca y demás y, aunque me habían quitado el trébol, fui capaz de ver su verdadera forma: la piel perlada y las orejas ligeramente puntiagudas. Se acercó a la cama con la elegancia innata de las hadas.

—Creo que no me he presentado. Me llamo Luce.

—Hola —la saludé—. Yo Brighton.

Los ojos claros de la fae se iluminaron.

—¿Cómo te sientes?

—Bien.

Ladeó la cabeza un poco.

—Dadas tus heridas, es imposible que te sientas bien. Nadie espera que lo hagas. Lo importante ahora es que seas sincera conmigo para que pueda asegurarme de que estés bien de verdad. Si no, nuestro rey me arrestará y me encerrará.

¿Qué?

Miré hacia la silla donde Ivy se había dejado caer, la que Caden había ocupado antes que ella. Llevaba los rizos pelirrojos recogidos en un moño impoluto. Asintió con los ojos bien abiertos ante las palabras de Luce.

Pues vale.

—Me siento mejor que antes.

La fae sonrió.

—¿Y el dolor?

—Manejable.

—Me alegro. Voy a echar un vistazo a algunas heridas y a revisarte —explicó—. Después te daremos algo sólido para comer.

Me examinó bastante deprisa y solo me dolió un poco. Aunque estar sentada no me resultó muy cómodo, cuando me levantó la bata pude ver cómo estaban curándose las heridas.

Tenía las piernas y el vientre como si me hubiesen usado para contar los días que había pasado en la cripta.

En cuanto la sanadora terminó, yo me quedé sentada con los pies en el suelo y me centré en respirar de forma lenta y regular.

—Todo parece estar sanando bien —dijo Luce al tiempo que se metía las manos en los bolsillos de la bata—. La verdad es que te estás curando mejor de lo que pensaba dada la cantidad de heridas, la deshidratación y la desnutrición. Sé que para los humanos esa combinación es especialmente peligrosa.

—Luce trabaja a media jornada en una clínica —explicó Ivy al ver que me quedaba mirando fijamente a la sanadora.

—Solo un par de horas a la semana —dijo—. Los humanos me fascináis. Supongo que igual que la fauna salvaje a los zoólogos.

Parpadeé.

Ivy apretó los labios, se le hincharon las mejillas y abrió mucho los ojos.

A Luce le dio exactamente igual comparar a los humanos con los animales salvajes y prosiguió:

—¿Has tenido más náuseas o vómitos?

Sacudí la cabeza antes de responder.

—No que yo recuerde.

—Desde ayer no —confirmó Ivy.

—Bien. Creo que podemos darte algo de comida ligera. A ver cómo va.

Exhalé y asentí de nuevo.

—¿Puedo ducharme? Necesito lavarme el pelo.

—Si te ves con fuerzas y mantienes las heridas de las piernas y los brazos vendadas, no veo por qué no. —Señaló a Ivy con la barbilla—. Pero deberías estar acompañada por si te cansas.

—Tengo todo el tiempo del mundo —dijo Ivy.

Las miré a ambas.

—¿Cuándo podré irme a casa?

Luce siguió sonriendo mientras miraba a Ivy. Fruncí el ceño.

—Ya veremos cómo te encuentras en un día o dos, ¿vale?

Abrí la boca para contestar.

—Mientras tanto, te mandaré más medicación —prosiguió—. Y quiero hablar contigo de otra cosa.

Ivy hizo amago de levantarse.

—Voy a ver si puedo traerte algo de comer.

Adiviné de qué quería hablarme la sanadora.

—No hace falta que te marches —dije, por lo que Ivy se detuvo—. Sé lo que quieres saber. Si abusaron sexualmente de mí.

Luce asintió.

—Ya sabes que los faes no pueden trasmitir enfermedades y que rara vez hay embarazos. Además, tiene que hacerse sin hechizar, pero eso no quita que no se pueda someter por la fuerza. Aun así, es muy poco común, pero hay gente con la que puedes hablar. Humanos que conozco que se especializan...

—No me violaron —la interrumpí—. Estoy bastante segura de que no. No recuerdo algo así. —Se me revolvió el estómago—. Sí que... me manoseó algunas veces, pero creo que los humanos le daban asco.

Al menos al principio.

Los últimos días tuve la sensación de que, por retorcido que pareciese, había empezado a admirarme y a mirarme de forma distinta.

Luce asintió.

—Tenías moratones en la parte interna del muslo y las caderas, normalmente de los que se encuentran en víctimas de abusos.

«Víctimas».

Cerré los ojos, inspiré hondo y los volví a abrir.

—Cuando me refiero a que me manoseó no lo digo de forma sexual e indeseada. Le gustaba pegarme puñetazos y patadas. Esos moratones podrían haber sido de cualquier cosa.

Luce esbozó una sonrisa y asintió. Era una de esas que ponían los médicos para que los pacientes se sintiesen cómodos.

—Vale, pero si recuerdas algo, no dudes en decírmelo a mí o a otra persona.

—Lo haré —prometí, esperando que no le diesen la mayor importancia—. Gracias por ayudarme y comprobar que estoy bien.

Luce se marchó después de avisarme de que recogería los análisis de sangre que había mandado a la clínica y nos dejó a Ivy y a mí a solas. Me sentí un poco rara mientras ella buscaba unos pantalones holgados y una camiseta que me pudiera poner. Estaba demasiado sonriente y amable. Si ya lo era antes, ahora era doña sonrisas, nada que ver con su forma de ser habitual.

—Sigo siendo Bri —le dije.

Ella estaba intentando sacar una camiseta de un cajón. A saber de quién era. Me miró.

—Lo sé —respondió.

—Y tú sigues siendo Ivy. No soy como mi madre —aclaré. Ivy desvió la vista hacia la camiseta—. O por lo menos ahora mismo no. Tal vez antes sí. No recuerdo que me ayudases, pero gracias, en serio, y por cuidarme también.

—No hace falta que me agradezcas nada.

Caden me había dicho lo mismo, pero yo sentía la necesidad de hacerlo.

Bajó la camiseta y se mordió el labio inferior.

—No quiero sentirme rara.

—Lo sé.

Ivy me miró.

—Sabes que quería a tu madre. A veces era un poco... descarada, pero la quería.

Alcé las comisuras de los labios.

—Descarada es quedarse corta.

—Cierto. Te voy a decir algo desde el cariño. —Le tembló el labio inferior—. No quiero que pases por lo mismo que sufrió ella. No quiero verte así.

Se me llenaron los ojos de lágrimas.

—Yo tampoco.

Se acercó a la cama, hizo una bola con la camiseta y se sentó a mi lado.

—Pero, si te pasa..., Ren y yo estaremos contigo. Y Tink también.

—Eso si no os convierte en muñecas trol —bromeé—. Me han dicho que le habéis mentido diciéndole que estaba de misión.

Sonrió.

—Sí, seguro que se venga llegando al tope de mi tarjeta de crédito o algo. —Dejó de agarrar la camiseta con tanta fuerza—. Mucha gente te apoya. —Ladeó la cabeza—. Cuentas incluso con apoyo real, y no me refiero a Fabian.

—Ivy...

—Caden casi se vuelve loco cuando le dijimos que no podíamos contactar contigo. Bueno, un poco loco sí que se puso, y seguro que ha conseguido el récord de muertes de faes de invierno. —Alisó la camiseta—. Sabía que había pasado algo entre vosotros.

—No hay nada...

—Se ha enterado todo el mundo, incluyendo los que están aquí, en el Hotel Faes Buenos. —Se me quedó mirando—. Sabes que yo tuve problemas con él, aunque sé que no fue realmente el responsable de mi secuestro —añadió al ver que iba a defenderlo—. Es solo que... Cuando lo veo, me acuerdo.

La entendía.

Por desgracia, habían tenido que secuestrarme para que lo entendiese.

—Pero hizo de todo para encontrarte. Casi arrasó la ciudad. Cuando los días se convirtieron en semanas y las semanas en meses, vi lo que eso le provocó. Todos lo hicimos. Creo que apenas dormía unas pocas horas al día. Se pasaba todo el tiempo que estaba despierto buscándote. Me parece que lo que había entre vosotros no fue solo cosa del pasado.

—Lo es —aseveré—. Está comprometido, se va a casar. Tendrá un matrimonio de esos para toda la vida. Ya te he dicho que simplemente se siente responsable y culpable, nada más.

Ivy se encogió de hombros.

—Yo lo que digo es que ganó puntos conmigo, e incluso con Ren.

¿Con Ren también? Eso no me lo esperaba.

Y tampoco importaba.

—Me alegro de que se esté redimiendo a vuestros ojos, pero no hay nada entre nosotros. Ya no —añadí.

Ivy se me quedó mirando.

—En fin —repuse, arrastrando las palabras—. Solo quería dejar claro que no hace falta que me trates como si fuese de cristal. Si me rompo, pues me rompo. No se puede hacer nada.

Nos miramos y ella asintió.

—Vale, pues ahora me toca a mí. Si necesitas hablar con alguien, hazlo conmigo. Sé lo que se siente cuando te secuestran. Yo no pasé por lo mismo que tú, pero en cierta forma, lo entiendo.

Y era verdad.

—Lo sé. Gracias.

Fue entonces cuando me dedicó una sonrisa de las de verdad.

Decidimos que primero me ducharía y luego comería algo. Me ayudó a ir al baño, aunque quería ir sola, y me apoyé en ella. Me desnudé y el cuarto de baño se llenó de vapor. Entonces entendí por qué temían que fuese a romperme.

Había perdido peso y musculatura. Notaba las piernas como si fuesen de gelatina y parecían una masa de carne blanduicha. Mi reflejo no estaba mucho mejor.

Aunque sabía que tenía un aspecto terrible, verme por primera vez fue sorprendente.

Tenía el pelo apelmazado y alborotado. Me lo habían apartado de la frente y parecía hasta decente en comparación con todo lo demás.

El lado izquierdo de mi cara estaba hinchado y amoratado; parecía como si me hubieran metido una ciruela en la boca. Tenía el ojo abierto, pero estaba más morado que rosa y el párpado casi caído del todo. El lado derecho apenas estaba mejor, y en el centro del labio inferior tenía un corte de, más o menos, un centímetro.

Vi las marcas azuladas en mi cuello.

Inspiré hondo y bajé la vista. Tenía los hombros y la parte superior del pecho llena de laceraciones, igual que el nacimiento de los pechos. Aric había parado ahí antes de continuar en mi vientre, pero imaginaba que tenía pensado volver a esa zona.

Más abajo, mi piel era un mapa de cicatrices recientes y antiguas. Algunas de las recientes y más rojizas desaparecerían, pero las demás...

Permanecerían por siempre ahí. Y aunque no sirvieran de recordatorio, también me quedarían otro tipo de cicatrices. Las internas.

«¡Dilo!».

Jadeé y me aparté del espejo antes de taparme las orejas. El rugido de Aric fue tan repentino y real que cerré los ojos. «No está aquí. No está aquí». Podía oler la carne asada. Me estremecí y mis rodillas chocaron entre sí.

Me entraron tales náuseas que hasta caí de rodillas. Se me cerró el estómago y todo lo que había bebido subió por mi garganta, que se me irritó. Allí me quedé, temblando y recordando que ya no quedaba nada que vomitar.

—¿Estás bien, Bri?

Me encogí y levanté la cabeza.

—Sí. Solo estaba... metiéndome en la ducha.

Hubo una pausa.

—Llámame si necesitas algo.

—Lo haré —grité como pude. Me aparté del lavabo y sentí el calor a mi alrededor. Dejé caer la cabeza hacia atrás.

»Estoy bien —susurré—. Pase lo que pase, estaré bien.

Eso fue lo que me repetí.

Era lo único que podía hacer.

Capítulo 17

Una vez que me duché y me vestí con los pantalones y la camiseta suaves que Ivy había encontrado volví a la cama, completamente agotada, mientras ella se marchaba en busca de comida.

No le dije nada sobre los vómitos porque, a pesar de haber echado hasta las tripas, tenía mucha hambre.

Cuando llamaron a la puerta supe, no sé cómo, que no era Ivy, sino Caden. Alguna especie de sexto sentido me avisó. Sentí una mezcla desconcertante de anticipación y miedo. Por un lado quería verlo, pero por otro no... por múltiples razones, aunque la principal era porque *deseaba* que estuviese aquí.

Deseaba que estuviera aquí conmigo, y eso estaba mal. Lo sabía y aun así me daba igual, lo cual era una de las razones por las que *no debería* estar aquí.

¿Y la otra? Sabía cómo iba a mirarme. Después de haber visto mi aspecto en el espejo y haber vomitado lo poco que tenía en el estómago, no me apetecía ver su mirada apenada y triste.

Caden entró y me centré en su torso y en sus piernas. Se había cambiado. En vez de la camiseta negra llevaba una de color azul claro, aunque los vaqueros seguían siendo oscuros. Tal vez él también se había duchado.

—¿Cómo te encuentras? —preguntó justo delante de la puerta.

—Mejor. —Jugueteé con la sábana. Encontré un hilo suelto y me puse a tirar de él—. La ducha me ha sentado bien. Ahora solo me queda desenredarme el pelo.

—¿Crees que puedes comer algo?

Mi estómago vacío rugió pese a haber vomitado no hacía mucho.

—Creo que sí.

—Bien. —Vi que salía de la estancia y luego regresaba, esta vez con una bandeja en las manos.

Me senté con cuidado. O al menos lo intenté, pero mis costillas volvieron a protestar.

—Espera. —El rey dejó la bandeja en una mesita detrás del sofá—. Deja que te ayude.

Estiró el brazo hacia mí...

Mi cuerpo retrocedió como ya había aprendido que debía hacer cuando unas manos se le acercaban demasiado. Traté de evitarlo, pero era un acto reflejo que escapaba a mi control.

—No voy a hacerte daño —dijo Caden.

—Lo sé. —Cerré los ojos y los volví a abrir—. Lo siento...

—No, Brighton —me tranquilizó con voz dulce—. Recuerda, no hay nada por lo que debas disculparte. ¿Vale?

Respiré hondo.

—Vale.

—¿Quieres que te ayude a sentarte o prefieres hacerlo tú sola? —preguntó—. Espero que me dejes, porque no me gusta verte sufrir.

Lo miré y vi que tenía el pelo rubio peinado hacia atrás. La situación me pareció de lo más graciosa, aunque no me reí.

El rey de la corte de verano me estaba sirviendo sopa en la cama.

Qué absurdo.

—No tienes por qué hacer nada de esto —le dije, levantando la mirada hasta su rostro. Su expresión no dejaba entrever nada—. No me debes...

—¿Se te ha olvidado que puedo oler tus emociones? —me interrumpió Caden y, Dios, la verdad era que sí—. ¿Que sé lo que estás sintiendo? ¿Que antes, cuando he estado aquí, también lo sabía?

—¿Y qué? ¿Quieres una medalla o algo? ¿Una pegatina de esas con una carita sonriente?

Sonrió.

—Dios, cómo te había echado de menos.

Fruncí el ceño.

—Sé que crees que estoy aquí porque me siento culpable o responsable de ti. Ni siquiera me hacen falta habilidades especiales para saberlo. Me lo has dicho, pero yo soy capaz de sentirlo. La desconfianza y el miedo por compadecerme de ti huelen a goma quemada.

Fruncí aún más el ceño.

—Ahora sí que siento la necesidad de disculparme por ofender tu sensible olfato.

Enarcó una ceja.

—Necesito que comprendas algo, Brighton. Estoy aquí porque quiero, porque lo necesito... Déjame terminar —me pidió al ver que abría la boca—. Esa necesidad no viene porque me sienta culpable ni porque me arrepienta de nada. No me malinterpretes; sí que me siento culpable y me arrepiento de muchas cosas, pero no estoy aquí por eso.

—Entonces, ¿por qué? —lo reté. Sentía la rabia en mi interior, lo cual era mucho mejor que todo lo demás. Me aferré a ella como a un clavo ardiendo—. Estás prometido, Caden. Algo que se te olvidó mencionar antes de joderme, tanto literal como figuradamente.

—Yo no te «jodí». No literalmente. Y tú tampoco a mí.

—Ah, vale. ¿Entonces qué? ¿Hicimos el amor? —Solté una risotada amarga—. Estoy bastante segura de que no se hace el amor cuando vas a casarte con otra.

Caden apretó la mandíbula.

—Ahora no es momento de hablar de esto.

—Tienes razón —espeté, irguiéndome. Discutir tumbada en la cama me hacía sentir muy en desventaja. No obstante, me costó. El estallido de dolor me alertó de que ya era hora de que hiciera uso del bote de pastillas que había visto en la mesita de noche cuando salí de la ducha—. No tenemos por qué hablar de esto.

—De eso nada. Hay muchos motivos por los que sí tenemos que hablar de esto. —Hizo un ruidito por lo bajo, dio un paso adelante y luego se detuvo—. ¿Te ayudo?

—No. —Volví a moverme y jadeé. Me desplomé sobre las almohadas con el corazón acelerado debido al esfuerzo por *sentarme* y fracasar.

Caden se cruzó de brazos.

—¿No quieres que te ayude porque no quieres que te toque o porque estás enfadada conmigo?

Ambas cosas, pero más por la segunda a estas alturas. Era absurdo. Para comer, necesitaba estar sentada. Y tenía que comer porque me moría de hambre y porque tenía que recuperar fuerzas.

—Vale. Ayúdame.

—¿Estás segura?

Lo fulminé con la mirada.

Caden me sonrió de verdad. Esbozó una de esas sonrisas que suavizaban su rostro y que hacía titilar sus ojos de color ámbar.

Me quedé sin aliento.

Y me odié a mí misma.

Él se rio por lo bajo y luego se acercó a mí. Me preparé para el contacto, pero cuando deslizó un brazo bajo mis hombros muy poco a poco, no perdí los papeles, así que premio para mí. Me levantó y me ayudó a sentarme contra las almohadas mullidas.

—Gracias —musité, con tan poca amabilidad como un niño mimado.

—*Muchas* de nadas.

Caden retrocedió y recogió la comida.

—Luce quería que empezaras con algo ligero. —La dejó sobre la cama. La bandeja, con sus patas pequeñas y robustas, estaba a la altura perfecta—. Es caldo de pollo con arroz. Y Luce dice que si tu estómago lo aguanta bien, puedes pasar a algo más sustancial.

Bajé la vista hacia la bandeja y vi que había cubiertos. Dios, ¿cuándo fue la última vez que usé cubiertos? Recordaba de manera muy vívida los dedos manchados de ternera estofada. Hice el amago de agarrar la cuchara, pero enseguida me detuve al darme cuenta de que me temblaba el brazo. Los temblores se extendieron a todo el cuerpo.

Me quedé mirando el cuenco, incapaz de moverme por unos instantes. El miedo era absurdo. Sabía que podía comer sin problemas, pero la sensación era tan intensa que sentía como si me estuviese ahogando.

El calor ascendió por mi cuello. Miré a Caden, esperando verlo turbado y afligido.

Pero no.

Ni siquiera estaba mirándome. Se encontraba junto a la mesita, llenando un vaso de agua mezclada con aquella baya especial.

Me sentí tan aliviada. No estaba cerca de mí y, aunque sospechaba que lo había hecho a propósito, no me importó. Los temblores menguaron y cuando por fin agarré la cuchara, fue como si recordara perfectamente cómo hacerlo.

Derramé un poco de caldo al levantar el cubierto, pero en cuanto saboreé el líquido, cerré los ojos. No me dolió, y estaba tan bueno...

Comí.

Caden permaneció alejado y en silencio mientras encendía la tele. No tenía ni idea de lo que estaba viendo porque tenía el volumen al mínimo, pero parecía embobado.

Al menos eso fue lo que pensé hasta que dejé la cuchara en el cuenco vacío y él se giró de inmediato.

—¿Tienes sed?

Asentí con el estómago lleno y calentito.

Caden se acercó y dejó el vaso sobre la mesita de noche, a mi alcance.

—Voy a llevarme la bandeja —anunció justo antes de levantarla. La dejó sobre la mesa y luego regresó para sentarse en la silla junto a la cama.

Me lo quedé mirando durante unos instantes y luego agarré el vaso y tomé un sorbo.

—Y... —Alargué la palabra.

—¿Sí?

—¿Vas a quedarte ahí sentado sin más?

—Sí.

Lo miré.

—¿Por qué?

Caden se reclinó y levantó una pierna sobre la otra. Se lo veía completamente a gusto.

—Porque quiero.

—¿Y si yo no quiero que estés aquí?

—Entonces me iré.

Enarqué una ceja.

Él sonrió ampliamente.

—Pero no quieres que me vaya.

Abrí la boca para preguntarle por qué creía eso, pero era verdad. No quería quedarme sola. Ya había pasado demasiado tiempo así en la cripta.

Eso era lo que me repetía a mí misma.

Pero también porque... me daba miedo dormir. En parte debido a las pesadillas, pero también a mi madre. Para ella, las mañanas siempre eran lo más duro, sobre todo cuando no reconocía dónde estaba o cuando creía que seguía secuestrada y con aquellos faes.

¿Y si eso me pasaba a mí?

Aplacar ese miedo no era tarea fácil.

—¿No estás cansado? —pregunté. Necesitaba distraerme.

Caden negó con la cabeza.

—Hacía siglos que no me sentía tan despierto.

—Bueno... —Dejé el vaso en la mesita de noche—. Es verdad que estuviste hechizado mucho tiempo, así que...

—Cierto. —El humor titiló en sus ojos, lo cual era algo que jamás pensé que vería al mencionar el hechizo de la reina—. ¿Necesitas que te traiga algo?

Lo medité seriamente.

—Un peine. Creo que hay uno en el baño.

Caden se puso de pie y fue a por él. En vez de entregármelo, hizo lo mismo que con el vaso, lo dejó en la mesita de noche.

Le di las gracias y lo recogí, pero en cuanto traté de mover el brazo hacia la cabeza, supe que no iba a poder hacerlo sola.

Suspiré.

—¿Quién iba a decir que tener las costillas rotas sería tan molesto?

—Cualquiera que haya tenido las costillas rotas —respondió.

—¿Tú las has tenido?

—Más veces de las que pueda contar.

—¿En serio? —Me sorprendí y pensé en lo que Tink me había dicho, y también... en algo que Aric me había contado sobre Caden. Me había dado a entender que el rey había sido un poco picaflor en su juventud. En realidad, Tink me había dicho lo mismo una vez.

—¿Quieres que te ayude? —preguntó Caden. Desvié la mirada hacia él enseguida—. Aunque no lo parezca, estoy acostumbrado a desenredarles el pelo a mujeres con muy mal humor.

—Tengo muchas preguntas, empezando por cómo demonios tienes esa clase de experiencia.

Esbozó una sonrisilla cargada de nostalgia.

—Fabian y yo teníamos una hermana pequeña.

—Vaya. —Lo había dicho en pasado—. No... no lo sabía. —Deslicé el pulgar por las púas del peine—. A lo mejor me lo corto de raíz y santas pascuas.

—¿Me dejas ayudarte? —se ofreció—. No tardaré mucho y luego te dejaré en paz.

Miré el peine y luego a él.

—¿Me lo prometes?

—Te lo prometo —murmuró.

Tenía la sensación de que me estaba mintiendo, pero yo no podía peinarme sola y esperar a Ivy empeoraría los enredos. Le tendí el peine, muerta de vergüenza y con algo de vacilación.

Caden lo agarró tan rápido que ni siquiera lo vi moverse.

—Voy a colocarme detrás de ti, pero te sujetaré para que no fuerces las costillas.

Asentí y luego Caden hizo justo lo que me había dicho. Se las ingenió para recolocar las almohadas para colocarse detrás de mí, con una pierna colgando por el lateral de la cama. Y yo... Yo estaba sentada entre sus piernas, apoyada contra una de las almohadas y sujetando otra contra mi pecho.

La situación era inapropiada, pero me quedé callada mientras Caden empezaba a dividir mi pelo en tres secciones. No notó los temblores que volvieron a sacudirme el cuerpo.

—Mi hermana era la pequeña de la familia —dijo al tiempo que comenzaba a peinar los enredos de la sección central—. Nació doscientos años después que Fabian y yo.

Dios santo.

Qué fácil era olvidar lo mayores que eran Caden y su hermano.

—Scorcha era... era la persona más amable y preciosa que podías encontrarte —dijo, cepillando suavemente la maraña que tenía por pelo—. Mil veces mejor de lo que Fabian o yo llegaremos a ser nunca. Salvo cuando había que peinarla. Su pelo era largo y grueso y siempre andaba corriendo detrás de nosotros. Era una lucha constante entre nuestra madre y ella para que se estuviera quieta durante el tiempo suficiente, pero siempre lo hacía conmigo. Daba igual el día.

Abracé la almohada.

—Parece que buscaba tu atención.

—Sí. Tanto la mía como la de Fabian, pero los dos acabábamos de pasar por la pubertad y, bueno, teníamos otras prioridades —dijo—. Tiene gracia pensar que aprendemos que el tiempo puede ser efímero, incluso para los de nuestra especie, y luego nos damos cuenta de que, por voluble que sea el tiempo, también te hace olvidar.

No sabía cómo responder eso.

—¿Qué le pasó?

Se quedó callado y en parte deseé no haberle preguntado.

—Los faes no contraemos muchas enfermedades, pero hay unas cuantas que son similares al cáncer o a la insuficiencia cardíaca. Algunos faes más mayores creen que esas enfermedades son maldiciones, mientras que otros piensan que son hereditarias. Sea como fuere, Scorcha contrajo una, la llamada «El sueño eterno». Es una enfermedad debilitante. Los enfermos pierden el apetito y la estamina y, al final, terminan sucumbiendo a un sueño del que nunca despiertan. Solo tenía diez años. Era muy joven, incluso para los estándares humanos.

—Qué pequeña. Lo siento mucho.

—Gracias. —Caden terminó con la sección central y pasó a la de la derecha—. Me has preguntado cómo es que he tenido las costillas rotas. Era príncipe, pero ante todo también era guerrero. Antes de la Gran Guerra hubo refriegas y a menudo me veía envuelto en una pelea de taberna, o incluso en cinco.

—No me sorprende.

—¿El qué? ¿Las peleas de taberna?

Crispé los labios.

—Bueno, sí, pero también lo de que eres un guerrero. Nunca he pensado que te quedabas de brazos cruzados todo el día y... —Algo tiró de mis recuerdos, pero no sabría decir exactamente qué. Se me cerraron los ojos. Que otra persona te cepillara el pelo era muy relajante.

—Por muy vago e indulgente que fuera, siempre cumplía con mi deber —explicó después de un momento—. Mis padres decían que ese era uno de mis rasgos más admirables. No obstante, yo he llegado a la conclusión de que más bien es un defecto.

—¿Por qué?

—El deber nunca debería anteponerse a lo correcto —dijo—. En ninguna circunstancia.

Hace un tiempo habría insistido en que el deber siempre era prioritario, ya que en la Orden crecíamos con esa mentalidad. Aunque eso fue antes de enterarme de lo que era Ivy en realidad, antes de conocer a los faes de verano y de ver que no todos eran criaturas malvadas que buscaban la destrucción de la humanidad. Antes de conocer y... y enamorarme de Caden.

Ahora sabía que el deber a veces te obligaba a hacer cosas que no estaban bien. El deber era blanco o negro, sin lugar para los tonos grises.

Caden se quedó callado mientras seguía cepillándome el pelo y pasaba al lado izquierdo. No solo era muy relajante, sino también... muy dulce y amable. Y si lo creía, si creía lo que me había dicho en cuanto al motivo por el que se encontraba aquí, entonces ¿por qué...?

Corté esos pensamientos de raíz. Mejor no ir por esos derroteros. Aun así, se me formó un nudo en la garganta.

Dejó de mover la mano.

—¿En qué estás pensando, lucero?

—No me llames así —dije con voz ronca.

—¿Por qué no? —El peine empezó a moverse otra vez.

«¿Por qué?». Estuve a punto de echarme a reír, pero no tenía gracia y, teniendo en cuenta que estaba prometido con otra, aquel apodo era incluso cruel.

—No deberías estar haciendo esto —susurré, y parpadeé para contener las lágrimas.

—No estoy haciendo nada malo. Necesitas ayuda y yo estoy aquí, donde debo estar.

—Pero...

—Deja que te ayude. Solo eso —me persuadió—. Luego podrás descansar. Y después, si te apetece, podemos hablar.

Giré la cabeza.

—No hay nada de qué hablar, ya te lo he dicho.

—Y yo te he respondido que sí que lo hay. Y mucho.

—Pues entonces habla conmigo ahora.

Su risa me recorrió de pies a cabeza y reactivó partes de mí que preferiría ignorar.

—Ahora no es el momento, Brighton. No para una conversación así.

Por mucho que le insistiese, no me dijo sobre qué teníamos que hablar; evitó la pregunta cambiando de tema. Me habló de las peleas en las que se metía en las tabernas, que siempre estaban relacionadas con alguna especie de insulto velado, y luego me habló de los juegos infantiles a los que su hermana los obligaba a jugar a Fabian y a él. Todo sonaba muy... humano. Me imaginaba que, de haber tenido hermanos mayores, yo también los habría obligado a jugar con muñecas y a comer comida de mentira. Los habría perseguido igual que Scorcha había hecho con Fabian y con Caden.

Para cuando terminó de peinarme, ya no quedaba ni un solo enredo y, tal y como había sospechado, no se marchó. Después de ayudarme a tumbarme, me tendió una de esas pastillas contra el dolor y rellenó el vaso. Luego acercó la silla a la cama todo lo que pudo y me contó más historias sobre su hermano y él, igual que antes. Y cuando empecé a sentir los párpados demasiado pesados como para mantenerlos abiertos, suavizó la voz. Me quedé dormida sabiendo que no se iba a marchar y que estaría aquí cuando volviera a despertar.

Y no tuve miedo.

CAPÍTULO 18

Al despertar a la mañana siguiente, *recordé*.

Me había colocado de lado dormida y me sorprendió que las costillas no me doliesen tanto en esa postura. Abrí los ojos y vi a Caden dormido en la silla junto a la cama, igual que la última vez que desperté. Estaba más cerca que antes. Tenía las piernas apoyadas en la cama y, además, la mano izquierda... Sus dedos estaban entrelazados con los míos.

Estábamos agarrados de la mano.

No tenía ni idea de si había sido cosa mía mientras estaba dormida o de Caden, pero era un gesto tan dulce como cuando me cepilló el pelo anoche, e igual de malo.

En aquel momento nada pareció importar.

No sabía por qué ni cómo, pero recordé partes de lo que me había dicho Aric sobre Caden, sobre el *mortuus*, sobre Siobhan y... sobre el beso de verano.

Partes importantes.

Recordaba por qué Aric me había obligado a ponerme ese vestido y que había planeado usarme para obligar a Caden a abrir el portal. Algo que, en su momento, no me había parecido tan importante.

Porque Caden era el rey. Podía abrir esos portales, liberar a la reina y a saber qué más. Dudaba que Ivy y Ren lo supieran, y sabía que esa información los desestabilizaría tanto a ellos como a la Orden.

Me quedé mirando nuestras manos unidas. También sabía que, si la Orden se enteraba de lo que Caden era capaz de hacer, lo pondrían en su punto de mira. No me cabía duda. Les daría igual que no fuese malo y que odiase a la reina más que nadie. Lo verían como alguien demasiado peligroso.

Al ser miembro de la Orden, aunque una muy poco valiosa, mi deber era informar a Miles de lo que me había entrado. De no hacerlo, y en caso de que descubriesen que sabía la verdad, no solo me echarían de la Orden, sino que también me pondrían a mí en el punto de mira.

Dios, si se enteraban de que me había acostado con Caden, me echarían de la Orden. Que Ivy siguiera formando parte de la organización aun siendo semihumana no era algo que todos los miembros aceptasen. Ren la apoyaba y era una luchadora increíble, así que la Orden la necesitaba.

A mí, no.

Me acordé de lo que había dicho Caden anoche sobre el deber y lo de que cumplirlo no siempre era lo correcto.

Informar de lo que sabía sobre Caden era una obligación, y sería lo correcto, pero no lo justo. A ellos les daría igual lo que le hubieran hecho o que se hubiese visto obligado a cumplir las órdenes de la reina. Ni les caía bien ni confiaban en él, y Caden... bueno, a pesar de lo que había pasado entre nosotros, era bueno.

No se merecía una persecución.

Caden se movió y levantó los párpados. Los ojos de color ámbar conectaron con los míos y después se desviaron hacia nuestras manos unidas. Curvó las comisuras de la boca hacia arriba.

—Estás despierta —murmuró con la voz ronca típica de alguien recién levantado.

—Me dijo que yo era tu *mortuus* —confesé.

Jamás vi a alguien espabilarse tan rápido como Caden. Me soltó la mano y apartó los pies de la cama. Los restos de somnolencia desaparecieron.

—¿Qué?

—Aric me contó que yo soy tu *mortuus* —repetí al tiempo que me sentaba. Noté que no me dolía demasiado y eso me hizo acordarme de algo más—. Me dijo que me diste el beso de verano y que por eso sigo viva después de todo lo que me hizo. Que seguramente esa sea la razón por la que me estoy curando tan deprisa.

Caden tragó saliva y permaneció en silencio.

—Me dijo que no envejecería como una humana normal, que ahora ya no era una simple mortal —expliqué y me moví para no inclinarme demasiado hacia su lado—. ¿Es eso cierto? ¿Así me curaste, con el beso de verano?

—Sí.

A pesar de haberlo sabido, me costó asimilarlo. Sobre todo porque me había olvidado de ello.

—¿Me lo pensabas contar alguna vez? Con el tiempo me habría dado cuenta de que algo raro pasaba. ¿Y si me hubiesen hecho daño y hubiese tenido que ir al médico? Habrían visto que...

—No lo sabrían. En los análisis de sangre no saldría nada raro. No tienen la tecnología suficiente como para demostrarlo —explicó. Me lo quedé mirando boquiabierta—. Aric no te explicó todo. El beso de verano te curó, sí, pero yo no sabía qué efectos tendría a largo plazo. No siempre los tiene, y no lo habría sabido hasta que te volviesen a herir o...

—¿Cuando dejase de envejecer? —sugerí, porque quise echarle una mano.

—Envejecerás, Brighton, pero a una velocidad mucho más lenta.

—¿Cuánto? ¿Me tendré que marchar de la ciudad antes de que empiecen a sospechar?

—Sí —respondió sin rodeos.

Abrí la boca y la cerré.

—No vivirás para siempre, ni yo tampoco, pero por lo que sé... —exhaló pesadamente— por cada cincuenta años humanos para ti solo será uno, más o menos.

—Dios.

Caden se reclinó.

—No te lo conté porque no quería preocuparte innecesariamente, pero en cuanto lo hubiese sabido con certeza, te lo habría dicho.

Asentí en silencio. Le creía, pero era demasiado que asimilar. Permanecimos callados mientras yo reordenaba mis pensamientos. Teníamos más cosas de las que hablar y ahora no era el momento de perder los papeles.

Por lo visto ya tendría tiempo de sobra luego.

—Me habló de Siobhan y de lo que le hizo —proseguí con el corazón desbocado—. Y que eso provocó la Gran Guerra. Por eso me puso...

—El vestido —acabó la frase Caden al tiempo que se frotaba una ceja—. Lo sé. Era su vestido de boda. O se suponía que iba a serlo. Aric se la llevó el día de nuestra boda.

La empatía reemplazó a la confusión y la ira en mi pecho.

—Lo siento. Lo que hizo fue... despreciable.

Caden asintió.

—Pasó hace mucho tiempo, Brighton.

—Eso no quiere decir que resulte más fácil de sobrellevar.

—Tienes razón. Sé lo que le hizo; se aseguró de que me enterara. La ira... Me dejó vulnerable ante la reina.

Me moví con cuidado y posé los pies en el suelo. Así solo estábamos a meros centímetros de distancia.

—Entiendo por qué querías matarlo.

—No me malinterpretes, no era solo por lo que le hizo a Siobhan, esa solo era una parte. También fue por lo que os hizo a tu madre y a ti, y a muchos otros. Su muerte era necesaria.

Muy cierto.

Inspiré brevemente.

—Me contó que yo soy tu *mortuus*. Que podría haberte obligado a abrir el portal y a liberar a la reina por mí. ¿Qué significa eso?

Me miró. Se quedó callado durante tantísimo tiempo que pensé que no iba a responder.

—Eres mi *mortuus*.

No noté el aire que respiré.

—Significa que eres... eres mi fuerza. Mi sol. Mi corazón.

Temblé.

—Y mi mayor debilidad —prosiguió—. No se trata de un objeto o algo tangible; es la fuente de mi poder y mi punto débil. Pueden controlarme por completo a través de ti. Eso es lo que significa *mortuus*. Solo hubo una antes que tú: Siobhan.

Me aparté y sacudí la cabeza.

—No lo entiendo. ¿Cómo es posible? Tú... —Me tragué el nudo de la garganta.

—Te amo.

Aquellas dos palabras fueron como una bomba.

Y Caden no paró ahí.

—Te amo. Por eso eres mi *mortuus*. Mi todo.

—¿Que me amas? —Sentí un torrente de felicidad que jamás pensé que fuera a experimentar y que hizo que me hormigueara la piel. La realidad, sin embargo, se encargó de aplacarlo—. ¿Cómo puedes amarme? Estás comprometido...

—Ya no. Rompí el compromiso antes de enterarme de que habías desaparecido.

—¿Qué? —Me lo quedé mirando, atónita.

—No planeé que nos acostáramos, lo sabes. No lo habría hecho si me fuera a casar con Tatiana, pero... te deseaba. Te he deseado desde la primera vez que te vi. Antes de conocerte bien. No sé por qué. Los ancianos dicen... —Se quedó callado un instante—. No importa. Casarme con una fae es mi deber, pero no lo correcto. No es lo que quiero, y no sería justo para Tatiana que me casara con ella si quiero y deseo a otra mujer.

El corazón me latía tan rápido que temía que se me fuese a salir del pecho.

—Creía que podría mantenerme alejado de ti. Lo intenté. En cuanto ascendí, traté de hacerlo, pero, obviamente, fracasé. —Cerró los ojos—. Sabía lo que significabas para mí. No cuando te salvé de Aric aquella noche hace años, pero sí poco después. Te observé, vi cómo te recuperabas y salías a cazar. Desde lejos fui testigo de la persona valiente y fuerte en la que te convertiste, y te admiraba. Te respetaba. Lo supe cuando te encontré en aquella discoteca fingiendo ser otra persona.

Ay.

Ay, Dios.

—Pero también sabía que si Aric, Neal o alguno de mis enemigos descubría que eras mi *mortuus*, te expondría a un peligro constante. —Nos aguantamos la mirada—. Creí que lo mejor sería casarme con Tatiana y mantenerte a salvo.

Me acordé de sus palabras. «Tú eres una distracción. Una debilidad de la que no pienso dejar que nadie se aproveche».

Pensaba que se refería a que solo era una distracción de la que aprovecharse, no a lo que se estaba refiriendo ahora.

—Eso era lo único que estaba intentando hacer, pero no pude... No pude llevarlo a cabo ni estar con alguien sabiendo que tú encontrarías a otra persona antes o después. Soy demasiado egoísta. No podría. Rompí el compromiso y después fui a tu casa. No estabas, no viniste. Fue entonces cuando Ivy me contactó para decirme que nadie sabía nada de ti.

—Tú... Me dijiste que necesitabas a una reina fae y que lo que habíamos hecho fue un error. Dijiste que no significó nada. ¿Todo era mentira?

—Sí —admitió en voz baja.

—¿Sabes el daño que me hiciste? Porque yo... —Me callé—. Si no me doliese tanto el cuerpo, te pegaría un puñetazo ahora mismo.

—Lo tengo bien merecido. Te hice daño. Pensaba que sería el menor de dos males, pero me equivoqué.

—Y tanto que te equivocaste. —Apreté los puños—. Porque Aric lo descubrió de todas formas. Hubo... —Conservaba retazos de un recuerdo—. No sé... no sé qué decir.

—No hace falta que digas nada. —Caden se inclinó y me siguió mirando—. Por lo menos ahora.

Pero sí que hacía falta. Porque, maldita sea, estaba harta de las mentiras.

—Te amo. Estoy enamorada de ti.

—Lo sé —dijo con una media sonrisa.

Parpadeé.

—¿Qué?

—Puedo sentirlo. —Ensanchó la sonrisa y me quedé alelada mirándolo—. Y antes también.

Me quedé callada.

—Pero me hiciste daño, Caden. Me lo has hecho dos veces ya. ¿Qué? ¿Se supone que debe darme igual y que debo arriesgarme otra vez?

Su mirada se tiñó de tristeza y su sonrisa se esfumó.

—Lo sé. No espero que te parezca bien, no ahora. Pero quiero demostrarte que no habrá riesgos, que no te haré daño nunca.

Quise creerlo, tanto que hasta casi dolía. Pero...

—No sé qué pensar. Sobre nada. Ni siquiera sé lo que va a ser de mí. —Se me humedecieron los ojos—. Si me lo hubieras dicho antes... antes de lo que pasó con Aric, las cosas habrían sido distintas. No me estaría enterando de esto ahora.

—Lo sé —repitió—. Esto era de lo que teníamos que hablar, pero sabía que no era justo, no después de lo sucedido. Necesitabas tiempo, curarte. No tenía ni idea de que Aric te lo había contado.

Le creía, y tal vez... Tal vez si hubiéramos tenido esta conversación más tarde, me habría costado menos asimilarlo. Ahora era como si me dieran lo que más quería después de una gran tragedia. En parte, eso era lo que había pasado.

—Necesito que entiendas algo. —Caden estiró el brazo y me tomó de las manos. Al ver que no me encogía, entrelazó nuestros dedos—. Estoy aquí. Sé que necesitas tiempo, y me da igual si te hace falta un siglo. Esperaré. Lo que siento por ti no va a cambiar, ni hoy ni el año que viene ni dentro de cincuenta. Avísame cuando estés lista y ahí estaré.

Se me cerró la garganta y me entraron muchas ganas de llorar, porque... Dios. Era justo lo que necesitaba escuchar, lo que necesitaba saber; que estaría a mi lado cuando estuviese lista. Que tendría el tiempo que quisiera para recomponerme, para encontrarme a mí misma otra vez y después buscarlo.

—Tengo que hablar con Tanner y mandar que te traigan algo de comer —dijo Caden unos instantes después—. Más tarde, si te apetece moverte, tal vez podamos salir a tomar algo de aire fresco, ¿qué te parece?

Respiré de manera entrecortada, pero fue aire limpio.

—Me parece bien.

—Genial.

Caden sonrió y lo que hizo a continuación me dejó con la boca abierta.

Se levantó y se inclinó para besarme la frente. Aquello no me lo esperaba. Me sorprendió también no haberme encogido o apartado.

—Nos vemos luego.

No recuerdo bien si asentí. Se marchó y yo me quedé allí sentada a saber cuánto tiempo. Asimilé todo lo que me había dicho.

Me amaba.

El rey de los faes de verano me amaba.

Aturdida, me levanté de la cama, me duché y me puse un albornoz suave. Cuando volví a la habitación, adolorida y más cansada de lo que quisiera, seguía confundida, pero con un torrente de emociones bajo la superficie.

El rey me amaba.

Me quedé inmóvil en mitad de la habitación, tras el sofá de color crema.

Caden había roto el compromiso antes de saber siquiera que había desaparecido.

La había fastidiado, pero lo amaba, eso no había cambiado. Entonces pasó algo maravilloso. Al igual que cuando me di cuenta de lo impresionante que era sentirme atraída por él, sentí esperanza por primera vez desde... desde que Aric me había secuestrado. Sabía que, por mucho tiempo que tardase, podría pasar página de lo sucedido. Porque podía sentir amor, y Caden...

Recordé otro momento, uno entre Aric y yo cuando me estaban bañando. Me había hechizado, pero había sido plenamente consciente de lo que me estaba contando.

«Cierto miembro de la corte de verano que, al igual que yo, desea que la reina regrese».

Dios mío.

Alguien de la corte de verano estaba confabulando con Aric. Alguien que decía poder entregarle a Aric su *mortuus*.

Necesitaba encontrar a Caden. Me dispuse a caminar hasta la puerta justo cuando oí que llamaban.

—Pasa —dije, segura de que sería Ivy o Caden.

La puerta se abrió, al igual que mis labios. No era ninguno de los dos.

Sino Tatiana.

CAPÍTULO 19

Solo había visto a Tatiana de refilón una vez y era tan guapa como la recordaba.

De apariencia escultural y con el pelo del color azabache, la fae tenía la piel de un tono plateado oscuro y las orejas puntiagudas y muy delicadas. No intentó ocultar su verdadero aspecto cuando entró con las manos entrelazadas. Llevaba un vestido amarillento con los hombros al descubierto que se le ceñía a los pechos y a la cintura antes de abrírsele a la altura de las caderas.

Tatiana parecía una princesa etérea sacada de una película Disney, mientras que a mí parecían haberme metido en una trituradora varias veces antes de soltarme en una película de terror.

Este no era precisamente el aspecto que quería tener cuando me topara de frente con la prometida —bueno, exprometida— de Caden.

Me quedé mirando a la aspirante a reina y deseé haber llevado otra ropa. Tal vez un mono. Cualquier cosa sería mejor que esta bata sosa y tosca.

—Espero no molestar —dijo con un acento suave que me recordó al de alguien de Reino Unido—. Pero quería charlar contigo unos minutos.

Miré alrededor de la estancia como una idiota, pensando lo borde que sonaría si le respondiera que no. A juzgar por lo que me había dicho Caden esta mañana, me hacía una idea bastante clara de lo que iba a tratar la conversación. Y teniendo en cuenta que no había podido beber nada más que el agua con la baya no estaba mentalmente preparada para esto. Pero, más importante aún, tenía que buscar a Caden y contarle lo que había recordado.

—Sí, claro —dije, en cambio—. ¿Quieres sentarte?

Asintió y yo cojeé hasta el sofá. Me alivió muchísimo estar sentada. La ducha me había dejado agotada, así que me desplomé en el sillón.

Tatiana se sentó al otro lado del sofá con la elegancia de una bailarina. Cruzó las piernas y colocó las manos en el regazo.

—¿Cómo te encuentras?

—Pues... mejor de lo que aparento. —Lo cual era verdad.

Sonrió.

—Me complace oír eso. Tus heridas dan... miedo.

Parpadeé.

—Es decir, a mí no, pero debes de haber sufrido mucho —se corrigió—. Me alegré al oír que mataste a tu torturador.

—Sí —dije, y envolví los dedos alrededor del cinturón de la bata—. Me alegro de... haberlo matado.

¿Soné tan tonta como me lo parecía?

—Aric ha atormentado al rey durante demasiado tiempo —añadió Tatiana, sorprendiéndome—. Lo que le hizo a la prometida del rey hace años fue un acto de pura maldad.

—¿Tú sabes... lo que pasó?

—Todos saben lo que hizo Aric. —Ladeé la cabeza y frunció el ceño—. Bueno, todos los faes de verano.

Me tensé. Era muy posible que solo estuviera sensible, pero ese comentario me sonó bastante a una pulla.

—Lo que te hizo a ti también fue horroroso —prosiguió, y me di cuenta de que su postura era perfecta. Inspiró hondo como si se estuviera preparando para decir algo doloroso—. El rey estaba muerto de preocupación por ti.

En parte quería fingir no saber a qué se refería, pero eso no solo sería inútil, sino también cobarde. Y ya me había enfrentado a cosas mucho peores.

—No pretendo sonar borde o impaciente, pero imagino que estás aquí para hablar de Caden —dije. Ella abrió sus ojos azules un poco más debido a la sorpresa—. Me dijo que anuló el compromiso.

Levantó la barbilla.

—Sí, he venido a hablar de él.

—No sé qué decir. —Retorcí los dedos alrededor del cinturón—. No tenía ni idea de que había cancelado el compromiso hasta esta mañana, y... Bueno, esto es muy incómodo.

—Sí que lo es. —Esbozó otra pequeña sonrisa—. Toda la corte estaba preparándose para nuestra unión y no tienen ni idea de que se ha cancelado.

—¿No se lo habéis dicho? —Tenía que admitir que no me hacía mucha gracia. Si Caden estaba tan seguro de lo que sentía por mí y de haber anulado el compromiso, ¿por qué no se lo había comunicado a su corte?

—Quería esperar hasta que regresara a casa —explicó—. Para así evitarme cualquier vergüenza posible. Y aunque aprecio el gesto, su rechazo me perseguirá allá donde vaya.

Abrí la boca para disculparme, pero me contuve. Algo en mi interior me decía que no le gustaría. A mí tampoco, la verdad. En parte, yo era... Dios, era *la otra*. Por mucho que no lo hubiera sabido.

Mierda.

Ahora me había vuelto a enfadar con Caden.

—Pero lo que el rey pretende hacer tendrá un impacto mucho peor que dejarme en vergüenza —continuó—. De eso quería hablarte. Dudo que comprendas al cien por cien lo que implica que se niegue a desposarse con una reina de su misma especie, y no lo digo como un insulto. Lo más probable es que no conozcas nuestras costumbres más intrínsecas y políticas.

—Pues no —admití a la vez que se me formaba un nudo en el estómago.

—Una vez que un príncipe asciende al trono, tiene ciertas responsabilidades que cumplir en el plazo de un año. Debe asignar al consejo y elegir a los mejores guerreros de su corte como caballeros. —Tatiana desvió la mirada hacia las cortinas—. Un rey también debe elegir una reina, una de su especie y considerada lo suficientemente digna como para dar a luz a la siguiente generación.

—¿Y si no quieren estar con el género opuesto? —pensé en Fabian y al instante recordé lo que Tink me había dicho, que no podía ni quería convertirse en rey.

—Nuestra especie no limita la sexualidad a un solo género. —Arrugó la nariz—. Ese es un concepto enteramente humano, pero sí que se requiere que el rey se case con una mujer. Luego puede elegir tener un amante.

Suponía que el hecho de que lo obligaran a casarse y a acostarse con alguien que no le atraía en absoluto no estaba muy alto en la lista de prioridades de Fabian, y con razón.

Sacudí la cabeza.

—¿Y si el rey decide no casarse con una mujer fae?

—¿Te refieres a lo que pasaría si Caden te elige a ti? —Clavó sus ojos en mí. No había malicia en su mirada. Solo... pena. Y eso me incomodaba todavía más—. Ya te ha elegido, pero no puedes ser su reina.

—No quiero serlo.

Enarcó las cejas.

—¿No lo amas?

—No he dicho eso —respondí antes de darme cuenta de lo que estaba diciendo—. Lo amo. Ya lo quería antes de que fuera rey.

—Tragué saliva y negué con la cabeza—. No creía que él me quisiera a mí, y ni siquiera sabía... bueno, ya no importa. Sí que lo quiero.

Y era verdad.

Lo quería a pesar de sus errores, defectos y decisiones estúpidas. Y él me quería a mí, incluso con mis cicatrices, mi mal humor y aunque no estuviese preparada.

—Entonces lo siento —dijo Tatiana.

Pegué un brinco.

—¿Por qué?

—Por mi corte. No tienes ni idea de lo que ocurrirá si Caden renuncia al trono para estar contigo. Y eso es lo que tendrá que hacer si quiere estar contigo —dijo Tatiana—. Lo sabe. Pero no creo que *tú* lo sepas.

—No —susurré y me aclaré la garganta—. No lo sabía. ¿Por qué tiene que renunciar al trono?

—Porque no cumpliría su deber tomando a una reina.

—Menuda estupidez. —Solté el cinturón de la bata y me aparté los mechones mojados de la cara—. ¿Qué tiene que ver una reina con su habilidad para gobernar?

—Que un rey nunca gobierna solo —afirmó.

Me la quedé mirando atónita. Eso no me parecía una razón. Al menos no una de verdad.

—La reina gobierna, ¿no? Morgana, digo. Ella no tiene a ningún rey.

Tatiana palideció ante la mención de la reina.

—Gobierna con ayuda de la magia negra, y sí que tenía un rey cuando subió al poder. Uno al que asesinó mientras dormía. Y como no se ha vuelto a casar, sus poderes son limitados. Si alguna vez vuelve a hacerlo, será imparable.

Ah.

Bueno era saberlo.

—No lo entiendes. —Tatiana se inclinó hacia mí—. Esta no es ninguna regla sinsentido que seguimos por costumbre o tradición. El futuro de la corte depende de que Caden siga en el trono. Esa responsabilidad ya no puede pasársela a su hermano, no después de haber ascendido. El príncipe Fabian solo podría ocupar el lugar de Caden si el rey muere.

Mi inquietud aumentó.

—¿A qué te refieres con lo de que el futuro de la corte depende de él?

—Me alegro de que lo preguntes. Sin un rey, estaríamos tan indefensos como antes de que ascendiera. Nuestros caballeros se debilitarían y tendríamos que volver a escondernos. La corte de invierno podría superarnos, y ya sabes de lo que son capaces —explicó. Le temblaban los labios—. Y no solo eso, sino que Caden también se debilitaría. Dejaría de ser el rey, se le aislaría de la corte y quedaría desprotegido. Aunque ya no gobernase, seguiría teniendo sangre real, sangre que la corte de invierno podría usar por razones inimaginables. La corte quedaría desprotegida.

—¿Cómo es posible? —exclamé—. Habéis estado sin rey durante muchos años, ¿no?

—Como ya he dicho, tuvimos que ocultarnos durante ese tiempo. Estábamos débiles y no podíamos hacer gran cosa para detener a la corte de invierno, para evitar que cazaran e hicieran daño a los humanos y que tratasen de liberar a la reina —se defendió—. Y no solo eso, tampoco éramos... fructíferos.

—¿Fructíferos? —repetí.

Se le colorearon las mejillas.

—Nuestra corte ya no es tan numerosa como cuando teníamos a un rey y una reina. Nuestra... fertilidad está ligada a la suya.

Jo.

Der.

¿Esta gente no creía en la ciencia?

¿La ciencia no existía para ellos?

—Ya veo que no me crees. —Tatiana sacudió la cabeza con tristeza—. Pero nuestra biología no es la misma que la de los humanos. Hay una... esencia dentro de nosotros que nos conecta al rey y a la reina. Cuando aún teníamos rey, las familias llegaban a tener entre seis y ocho niños durante el curso de su vida.

Madre mía.

—Ahora con suerte tenemos dos o tres, pero eso ya ha empezado a cambiar. Sin un rey o reina, nuestra raza morirá.

Levanté una mano, pero luego la volví a dejar en el regazo.

—He venido para implorarte que hagas lo que el rey no puede. No porque lo ame, que no es el caso. No lo conozco lo suficiente como para eso. Lo hago porque amo a mi corte. Él podría seguir estando contigo, si eso es lo que ambos deseáis —prosiguió. Yo retrocedí—. O podría elegir a otra fae, siempre y cuando sea una de nosotros. Necesita una reina.

La inquietud se propagó como el fuego a través de mi cuerpo. No tenía ni idea de qué decir. Caden lo sabía, sabía el riesgo que correría al elegirme, y aun así lo había hecho.

Eso me halagaba, pero también me parecía una locura.

—Espero que, como miembro de la Orden, entiendas el peligro en el que Caden nos pondría, a nosotros y a toda la humanidad. —Sus ojos brillaban a causa de las lágrimas—. Si caemos frente a la corte de invierno, la humanidad será la siguiente. Sabes que es cierto. ¿El amor de verdad merece eso?

Aparté la mirada y respiré hondo, pero la inquietud persistió mientras el significado de las palabras de Tatiana calaba en mí. ¿Merecía el amor todo eso? «Sí», gritó una voz egoísta y estridente en mi interior.

Pero ¿y la posible caída de la corte de verano? ¿Y la humanidad?

Cerré los ojos.

—Ojalá hubiese venido para desearos lo mejor, pero nada bueno deparará a mi gente o al rey si renuncia al trono —dijo suavemente—. Así que te haré otra pregunta mejor. ¿Lo amas lo suficiente como para salvarlo?

Resoplé. ¿Cómo podía responder a eso? ¿Cómo podía estar con él si hacerlo implicaba debilitarlo y ponerlo en peligro?

Ya sabía la respuesta, solo que era incapaz de pronunciarla en voz alta.

En realidad, ni siquiera quería pensar en ella.

¿Cómo podía haber pasado de sentir esperanza a una desesperación absoluta en cuestión de una hora? ¿Cómo podían haberme arrebatado algo antes siquiera de haberlo tenido?

Porque así era como me sentía. Sabiendo lo que sabía ahora, no podía permitir que Caden se pusiese en peligro.

—Creo... creo que necesito estar sola —dije con voz ronca y los ojos bien abiertos.

—Lo entiendo. —Tatiana se puso de pie—. Lo siento.

La miré. Ella se giró y caminó hacia la puerta con pasos ligeros. En cuanto giró el pomo, empecé a desviar la mirada, pero el repentino grito ahogado que soltó me detuvo.

—Ay, ¡perdona! —exclamó Luce—. Estaba a punto de llamar y casi te golpeo en la cara.

—Me alegro de que no haya sido así. —Tatiana me miró por encima del hombro y asintió—. Yo ya me iba.

Luce frunció el ceño y me observó. Esperó a que la mujer se hubiera ido.

—¿Estás bien?

—Sí. —Me aclaré la garganta—. Sí. ¿Has venido a ver cómo sigo?

—Sí. Bueno, en parte. —Luce cerró la puerta—. Necesito hablar contigo.

Quería tirarme al suelo y gritar, así que lo último que me apetecía era hablar con Luce o que me examinara.

—Me encuentro bien. Mil veces mejor que ayer —le aseguré mientras ella rodeaba el sofá—. Creo... —Cuadré los hombros—. Creo que puedo irme a casa.

Arrugó la frente y, por desgracia, tomó asiento justo donde Tatiana había estado un momento antes.

—Ya hablaremos de eso luego. Ahora hay otro tema más importante.

Solté una risotada. ¿Más importante que enterarme de que el hombre al que amaba podía terminar arriesgando su vida, la de su corte y la humanidad solo por estar conmigo? A menos que decidiera convertirme en su... su *amante*, mientras él se casaba con una fae y tenían un montón de hijos.

Luce frunció el ceño.

—¿Seguro que estás bien, Brighton?

—Sí. —Contuve la siguiente carcajada—. ¿De qué querías hablar conmigo?

Bajó la mirada un momento.

—¿Recuerdas que te dije que estaba esperando los resultados del análisis de sangre? Quería un análisis completo para asegurarme de que no hubiera ninguna infección subyacente.

Asentí.

—Me imagino que ya los tienes.

—Sí. Vi algo y necesitaba más pruebas para confirmarlo.

—¿El qué? ¿Tengo septicemia en el corazón o algo?

Luce frunció el ceño aún más.

—No creo que eso exista, pero tendré que comprobar...

—Era broma —dije—. ¿Qué has averiguado?

—Detectamos una anormalidad en una hormona, un aumento de HCG. —Me lanzó una mirada intensa—. Al verlo, decidí realizar un análisis cuantitativo para confirmar los niveles y lo que significaba.

—¿Puedes darme antibióticos y listo?

Ella frunció todavía más el ceño.

—Los antibióticos no sirven de nada con esto.

—Vale. —Le devolví la mirada—. Entonces, ¿qué hago?

—Bueno, en realidad puedes hacer muchas cosas. Otra prueba solo para asegurarnos y después... Espera. —Retrocedió—. No sabes lo que es la hormona HCG, ¿verdad?

—No. Bueno, a lo mejor sí lo sabía y lo he olvidado.

Sus hombros se tensaron.

—HCG es como se denomina a la hormona gonadotropina coriónica humana, la que se produce cuando estás embarazada.

—¿Embarazada? —repetí.

Luce asintió.

—Estás embarazada, Brighton. Y a juzgar por los niveles, estás de unas ocho semanas. Puede que un poco más, pero sí, estás embarazada.

Mi cerebro dejó de funcionar.

—Eso significa que concebiste antes de que te secuestraran. Y, no sé cómo, de milagro, sigues embarazada —prosiguió Luce—. Me gustaría hacerte algunas pruebas más. Tu cuerpo ha pasado por mucho, así que hay un gran riesgo de que... el feto no cuaje y de que sufras un...

Era como vivir una experiencia extracorporal.

Estaba sentada, pero me sentía como si estuviese flotando. Sabía que Luce seguía hablando, pero era incapaz de oír nada.

¿Estaba... embarazada?

¿De ocho semanas o más?

Eso era...

—... Tengo que preguntártelo porque podría cambiarlo todo: las pruebas que te haga y lo que puedes esperar —dijo Luce cuando volví a prestarle atención—. ¿Es posible que el...? —Palideció, igual que había hecho Tatiana cuando pronuncié el nombre de la reina Morgana—. ¿Es posible que el rey sea el padre?

¿Posible?

Era la única posibilidad.

Estaba embarazada del hijo de Caden.

¿TE GUSTÓ
ESTE LIBRO?

**escríbenos y
cuéntanos tu opinión en**

f /Sellotitania   🐦 /@Titania_ed

⊚ /titania.ed

#SíSoyRomántica